니콜로 장편소설

FUSION FANTASTIC STORY

마왕의 게임

마왕의 게임 16

니콜로 장편소설

초판 1쇄 찍은 날 § 2016년 10월 5일
초판 1쇄 펴낸 날 § 2016년 10월 12일

지은이 § 니콜로
펴낸이 § 서경석

편집책임 § 조현우

펴낸곳 § 도서출판 청어람
등록번호 § 제387-1999-000006호
등록일자 § 1999. 5. 31
어람번호 § 제1-2536호

주소 § 경기도 부천시 원미구 부일로 483번길 40 서경B/D 3F (우) 14640
전화 § 032-656-4452   팩스 § 032-656-4453
http://www.chungeoram.com
Email § chungeorambook@daum.net

ⓒ 니콜로, 2015

ISBN 979-11-04-90987-0 04810
ISBN 979-11-04-90396-0 (세트)

※ 파본은 구입하신 서점에서 교환하여 드립니다.
※ 저자와 협의하여 인지를 붙이지 않습니다.
※ 이 책은 도서출판 청어람과 저작자의 계약에 의해 출판된 것이므로,
　무단 전재 및 유포·공유를 금합니다.

GAME OF GOETIA 16

니콜로 장편소설

FUSION FANTASTIC STORY

마왕의 게임

도서출판 청어람

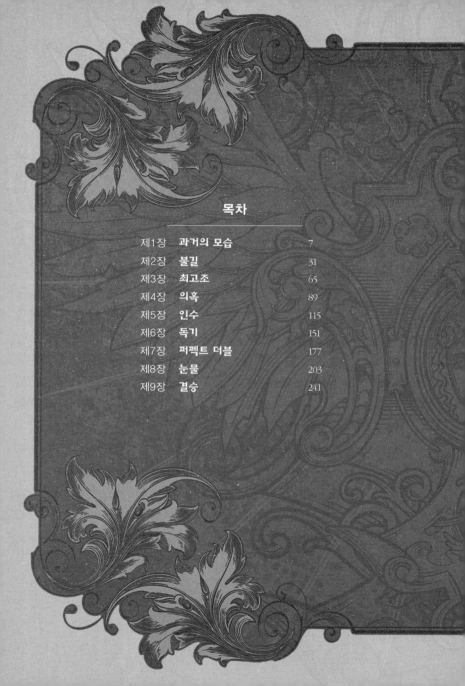

목차

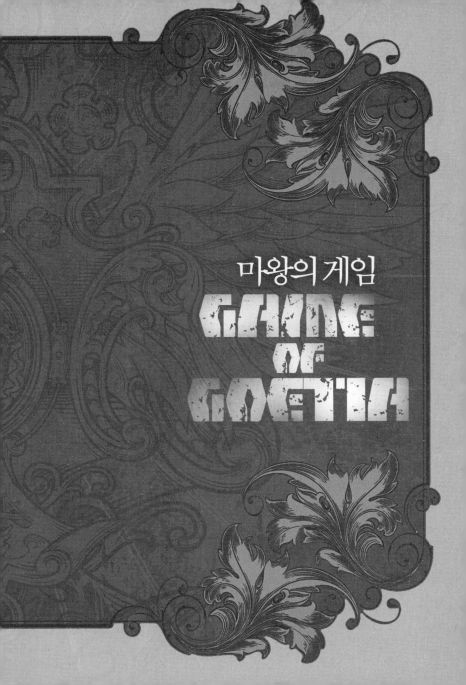

제1장

과거의 모습

"카이저가 드디어 움직이기 시작하는군요."

코치가 말했다.

왕춘 감독은 고개를 끄덕였다.

"그렇군."

현재 이신은 매일같이 독하게 하던 연습을 쉬고 있었다.

호텔의 자기 방에 틀어박혀서 리플레이 영상만 보고 있다고
했다.

"전략을 짜는 모양인데, 카이저는 그냥 마음대로 하게 놔두기
로 하지. 그랑프리에서 금메달을 딸 줄 아는 방법을 가장 잘 아
는 전문가는 우리가 아니라 그니까."

"그렇죠. 전 코치로서 카이저를 뭐라고 터치할 엄두도 나지 않

아요. 그래서 문제죠."

"이해해. 상관없어. 우린 그를 가르치려고 데려온 게 아니야. 우리가 배우기 위해 데려왔지."

왕춘 감독이 계속 말했다.

"잘 지켜보고 배워야 해. 그가 어떻게 금메달을 따내는지."

이질감이 느껴지는 플레이의 연속이었다.

'그래, 내가 분명 저런 플레이를 했었는데. 왜 몰랐지?'

이신은 과거의 자신이 연습했던 리플레이 파일을 훑어보고 있었다.

늘 가지고 다니는 외장하드에 데뷔부터 지금까지의 모든 연습 게임 리플레이 파일이 보관되어 있었다.

같은 프로게이머를 상대로 했던 리플레이 파일은 모두 날짜와 상대 이름을 정리해서 저장해 뒀는데, 이럴 때 다시 꺼내 참고할 수 있어서 이신에게 큰 자산이 되고 있었다.

2016년, 인류 대 인류전.

연습 상대는 은퇴하고 BJ로 전향한 지 얼마 되지 않은 최환열.

프로 생활을 접긴 했지만, 여전히 주업은 스페이스 크래프트였으므로 최환열의 실력이 그다지 녹슬지 않았을 때였다.

'환열이 형의 요청으로 온라인에서 붙었을 때군.'

개인방송의 콘텐츠를 위하여 이신에게 게임을 해달라고 부탁했고, 이신은 기꺼이 응해주었다.

당시 파프리카에서도 꽤나 화제가 되었다.

덕분에 최환열은 역대 최고의 시청자를 기록하고 별사탕 파티를 벌였다고 했다.

맵 센터에서 벌어진 국지전.

양측의 기동포탑들이 긴 사거리를 활용한 포격전을 벌였다.

상대와의 거리를 정확하게 재고 한 뼘씩 일진일퇴를 벌이는 치열한 대결이었다.

일명 각도기 싸움.

아직 녹슬지 않은 최환열은 정확한 사거리 측정으로 밀리지 않고 맵을 양분했다.

그때, 이신은 기동포탑들을 다 조금씩 전진시켜서 다시 포격전을 걸었다.

건설로봇 몇 기를 던져 상대의 포격을 맞게 하고, 그 틈에 기동포탑들이 한 걸음 전진해 다시 포격모드로 전환했다.

사거리에 들어오자 서로를 향해 다시 치열하게 불기둥을 뿜었다.

─퍼퍼퍼퍼퍼펑!

성공.

최환열의 기동포탑들이 더 많이 터졌다.

상대의 포격망에 구멍이 뚫린 틈을 타서, 이신은 다시 일부 기동포탑을 한 걸음 더 전진시켰다.

타이트하게 상대를 압박하는 국지전!

곧 최환열의 추가 생산 병력이 도착해 빈 구멍을 다시 메웠다.

하지만 이신이 진짜 노렸던 것은 거기가 아니었다.

포격전을 걸었을 때, 항공수송선 1척이 최환열의 3시 확장 기지로 유유히 향하고 있었다.

고속전차 4기가 내려서 건설로봇들을 사냥하기 시작했다.

포격전으로 정신없게 만들면서도, 동시에 3시를 견제하는 멀티태스킹!

그때 고속전차를 다루는 컨트롤은 이 영상을 보는 현재의 이신을 놀라게 했다.

고속전차 3기는 건설로봇을 1기씩 일점사격.

동시에 다른 1기로는 출입구에 지뢰를 매설하여서 지원 오는 적 병력을 차단한다.

그게 동시에 이루어지고 있었다.

센터에서는 여전히 정밀한 각도기 싸움이 벌어지고 있는데 말이다!

'대체 어떻게 한 거지?'

본인이 했던 플레이인데도 이신은 신기해했다.

금세 비결을 알아냈다.

'순간적으로 부대 지정 단축키 설정을 바꿨구나.'

센터에서 포격전을 벌이는 기동포탑들을 부대 지정.

그리고 드롭을 보낸 고속전차 4기를 각각 3기와 1기를 따로 넘버 키로 부대 지정을 했다.

그래서 단축키로 여러 유닛을 동시에 컨트롤한 것이다.

원리를 알아도 신기했다.

'지금은 할 수 있을까?'

순간순간 상황마다 단축키를 수시로 바꿔가며 컨트롤했던 예전의 자기 모습이 멀게 느껴졌다.

─그때와 지금의 카이저의 플레이는 생각보다 많은 부분이 달라졌습니다. 혹시 그걸 스스로는 인지하십니까?

코렛 사장이 했던 말이 떠올랐다.

그가 옳았다.

손목 부상으로 1년간 쉰 것이 원인이었다.

절망에 빠져 지냈던 나날.

게임에 대한 모든 것과 단절된 채 지낸 동안 그의 몸은 리셋이 되었다.

그래서 다시 마우스를 잡게 되었을 때, 예전과는 차이가 있을 수밖에 없었다.

과거의 자신이 펼치는 플레이를 쭉 보면서 이신은 생각했다.

'확실히 장단점은 있어.'

자신을 내던지고 뛰어드는 듯한 공격력.

자신이 더 손해를 보더라도 상대를 심리적으로 위축시키는 공격을 기꺼이 펼친다.

요즘은 다들 디펜스 능력이 많이 올라가서 극단적인 공격성은 단점이 될 때도 많았다.

하지만……

'날카롭다.'

이신은 과거의 스스로에게 매료되었다.

*   *   *

이신이 틀어박혀 나름의 연구를 시작했듯이, 박영호도 금메달을 향한 야망을 위해 움직였다.

"내 목에 금메달을 걸어주세요. 골드 메달, 오케이?"

그것은 JKT 시절에는 없었던 전략연구팀의 지원을 마음껏 받는 것이었다.

JKT가 제대로 박영호를 지원해 주지 못했다고 이신이 여러 차례 혹평한 바도 있었기에, 이를 기억하고 있던 박영호의 선택이었다.

"특히 나랑 같은 방 쓰는 그 작자한테는 절대 지고 싶지 않아요."

왕춘 감독은 새로 구한 통역사를 통해 그 말을 듣고는 고개를 끄덕였다.

"카이저도 이제 슬슬 금메달을 손에 넣기 위해 준비에 들어갔습니다. 지금부터가 진짜 카이저겠지요."

"그러니까요. 저라고 가만히 있을 수는 없잖아요."

"지금은 카이저가 좀 컨디션에 문제가 있는 듯하지만, 결국 슬슬 본색을 드러낼 겁니다. 지금까지처럼 기본기와 개인 기량에 기댄 정도로는 이긴다고 장담 못합니다."

박영호는 고개를 끄덕였다.

그것은 한국 프로 팀들의 부족한 전문성을 지적한 말이기도 했다.

일부 천재적인 코치나 감독 등 지도자들이 뛰어난 빌드 오더를 만들어내기도 했지만, 기본적으로 한국은 선수들이 스스로 연구하고 전략을 개발했다.

이제는 각 팀마다 전략팀을 도입하며 발전하기 위해 발돋움했지만, 박영호는 아직 그 수혜를 제대로 받아보지 못했다.

"그럼 한번 해보죠. 일단은 코앞에 있는 16강전도 준비해야 하고, 8강에서 만날 엔조 주앙도 넘어야 하니까요."

"지원만 잘해주면 모조리 꺾을 수 있어요."

언제나 자신감이 가득한 박영호.

하지만 나름의 고충은 있었다.

'이번에야말로 꺾는다.'

승부욕이 강한 박영호.

그가 요즘 인기가 늘어난 것은 이신과 수차례 명경기를 치렀기 때문이었다.

그리고…….

'결국 늘 내가 신이 형한테 무릎 꿇고 말았기 때문이지.'

즉, 이신을 결정적인 순간에 주인공으로 만들어주기에 딱 좋은 상대라는 뜻이었다.

'멋지게 찬물을 끼얹어주마.'

*　　　　*　　　　*

그렇게 16강전이 시작되었다.

박영호는 16강전의 첫 경기로 스타트를 끊었다.

상대는 캐나다의 유명한 괴물 플레이어였다.

괴물 대 괴물의 대결은 가위바위보처럼 실력보단 운에 의해 갈리는 경우가 많았다.

이번 경기는 박영호의 여정에서 가장 큰 위기라고 추측되었다.

기량으로는 충분히 금메달을 노려볼 수 있다고 평가받는 박영호.

하지만 괴물 대 괴물전은 실력과 상관없는 변수가 너무 많아, 자칫 허망하게 탈락할 수도 있다는 것이었다.

하지만 막상 뚜껑을 열어보니, 일방적인 경기가 되었다.

바퀴들의 싸움이나 쐐기충들의 공중전이나, 박영호는 완벽한 컨트롤로 상대를 압도해 버렸다.

압권인 것은 괴물주술사와 여왕괴물까지 동원된 쐐기충들의 공중전 대결이었다.

한 번의 전투로 결판이 나는 긴장감 넘치는 승부!

때문에 서로 섣불리 싸움을 걸지 못했고, 날카로운 신경전을 벌이면서 상황을 장기전까지 끌었다.

여왕괴물이 점액을 끼얹어 속도를 느리게 하고, 이어서 괴물주술사의 피의 저주가 뿌려져 체력을 깎아 놓은 박영호의 콤보가 멋지게 적중되었다.

그것으로 공중전에서 대승을 거둔 박영호는 결국 2—0의 스코어로 8강 진출을 확정 지었다.

그리고 2경기에서는 신지호까지 8강 진출에 성공하면서 한국을 축제 분위기로 만들었다.

—와, 요즘 우리나라 좀 짱인 듯!

—박영호도 신지호도 요즘 포스 쩐다.

—이러다가 금·은·동 전부 한국이 가져가는 거 아니냐?

—위에 오버 좀ㅋㅋ

—엔조 주앙은 노냐?

—러시아의 상남자 안드레이 형님 무시하는 거냐?

—근데 확실히 박영호 포스 지린다. 진짜 결승 가서 이신 꺾는단 마인드인 듯.

—응 어차피 금메달은 이신 거야.

—한참 그러다가 결국 신께서 금메달 가져가시고 The end.

가장 기다리는 매치는 역시나 이신의 16강전이었다.

이어지는 16강전에서 엔조 주앙, 안드레이 이바노프 등이 줄줄이 8강행을 확정 지었고, 마침내 이신의 경기가 찾아왔다.

한국의 모든 e스포츠팬이 인터넷으로 스트리밍 서비스가 이루어지는 이신의 경기를 보기 위해 모여들었다.

—e스포츠를 사랑하시는 모든 여러분, 안녕하십니까! 저는 캐스터 이병철!

—해설의 정승태입니다!

―이제 뉴욕의 그랑프리 현장에서는 이신 선수가 곧 출전할 텐데요. 상대는 누구죠?

　―상대는 영국의 윌리엄 딕 선수입니다. 탄탄한 디펜스와 장기 전에 능하기로 유명한 인류 플레이어입니다.

　―같은 인류 간의 경기라 꽤 장기전이 될 수도 있겠는데요?

　―예, 일반적으로는 그렇죠. 하지만 상대는 이신입니다. 아무 일도 하지 않고 그냥 무난히 장기전으로 흘려보낼 리가 없죠.

　―하하, 그렇죠. 그런 이신 선수의 공격성을 잘 알고 있기 때문에, 윌리엄 선수도 그만큼 더 각별히 주의할 겁니다.

　―윌리엄 선수는 나이가 어려 경험이 많지 않고, 이번이 그랑프리 첫 출장이라 이신 선수의 우세가 점쳐지고 있지만, 그렇다고 또 우습게 볼 선수가 아닙니다.

　―아, 그렇습니까?

　―예, 윌리엄 선수는 이번 그랑프리에서 단체전도 참가했는데, 지금까지 한 번도 지지 않는 활약을 펼쳤거든요.

　―그리고 이신 선수의 약점을 굳이 꼽자면, 디펜스가 좋은 인류에게 약하다는 점 아니겠습니까? 그런 점에서 보면 또 윌리엄 딕 선수가 의외로 까다로운 상대가 될지도 모른다는 생각이 드는데요.

　―그렇습니다! 어찌 보면 신지호 선수와 비슷한 유형이라 할 수 있겠는데, 이신 선수가 어떤 전략을 준비했는지 지켜보도록 하겠습니다.

　―예, 1세트 시작합니다! 이신 선수는 32강 때와 달리 그냥 인

류를 택했습니다.

[Kaiser: 인류]
[Will: 인류]
[맵: 검은 산맥]

검은 산맥은 이번 그랑프리에서 처음 공개된 신규 2인용 맵이었다.

시작 포인트는 11시와 7시 두 곳뿐인데, 두 지점을 연결하는 우측편의 통로는 경사가 오르락내리락하는 복잡한 언덕으로 굴곡을 이루고 있었다.

뿐만 아니라, 반대편인 좌측에도 우회할 수 있는 폭 좁은 샛길이 있어 전략적으로 쓰일 수 있었다.

경기가 시작되자, 이신은 초반부터 움직이기 시작했다.

＊   ＊   ＊

―경기장 관중석에 상당히 많은 선수가 보이는데요?

―마이클 조셉 선수도 보입니다. 아쉽게도 개인전은 탈락했고, 지금은 단체전에서 팀을 견인하고 있지요.

월드 SC 그랑프리에 출장한 세계적인 실력자들도 직접 경기장에서 관람할 정도로 관심을 가질 수밖에 없는 경기.

역사상 가장 위대한 프로게이머의 경기였다.

─아, 저 사람은 안드레이 이바노프 선수죠?

짧은 갈색 머리칼에 높은 콧대와 강렬한 눈빛을 가진 젊은 백인 사내가 화면에 보였다.

안드레이 이바노프.

기나긴 부진의 늪에서 부활하여 그랑프리의 무대에 돌아온 남자.

그리고 세계 최고로 꼽히는 마이클 조셉을 꺾는 파란을 일으킨 그가 경기장에 있었다.

─귀환한 러시아의 차르, 안드레이입니다. 이 경기에서 이긴 선수는 8강에서 안드레이 선수와 싸우게 됩니다. 당연히 누가 이길지 관심이 생길 수밖에 없겠죠.

─수모를 당한 마이클 조셉 선수도 경기장에 있는데, 저거 두 사람이 경기장에서 마주치면 안 될 텐데 걱정입니다.

캐스터 이병철이 농담을 던졌다.

아직 아무 일도 없는 게임 시작 직후 상황.

하지만 곧 이신의 건설로봇이 본진 밖으로 **빠져나가면서** 변화가 시작되었다.

건설로봇은 맵 센터 한복판에 병영을 짓기 시작했다.

─센터 병영이죠?

─예, 하지만 병영 건물을 띄워서 상대 진영을 좀 더 일찍 정찰하겠다는 의도일 뿐, 큰 의미는 없어 보입니다.

건물이 하늘로 띄워진 후 이동하는 속도는 매우 느리다.

때문에 최대한 상대 진영과 가까운 곳에 병영을 짓기 시작한 것이다.

반면에 윌리엄은 평범하게 자기 본진에 병영을 짓는 모습이었다.

그리고 빌드 오더가 갈렸다.

─병영 후 앞마당에 확장 기지를 짓기 시작한 윌리엄 선수. 하지만 이신 선수는 기갑 정거장을 지을 준비를 합니다.

이윽고 완성된 이신의 병영이 공중에 띄워져 윌리엄의 진영으로 향했다.

병영이 이동하는 동안 기갑정거장이 완성됐고, 거기서 고속전차가 생산되기 시작했다.

유유히 이동한 병영은 윌리엄의 본진에 도착했다.

그런데,

─어? 이신 선수의 병영이 그대로 윌리엄 선수의 본진 구석에 착지합니다. 어어?!

─와! 보병을 생산하네요.

그랬다.

등잔 밑이 어둡다고, 윌리엄 본진 구석에 몰래 착지한 이신의 병영에서 보병이 생산되기 시작한 것.

갑자기 본진에 나타난 적의 보병을 보면 윌리엄은 놀랄 수밖에 없으리라.

이신은 침착하게 보병을 2기까지 생산했다.

그러면서 생산된 고속전차도 윌리엄의 진영을 향해 이동했다.

이윽고 보병 2명이 돌입 개시!

식량 자원을 채집하던 윌리엄의 건설로봇들을 덮쳤다.

―투타타타!

―퍼엉!

건설로봇 1기가 터졌다.

―이신 선수의 견제가 시작됐습니다.

―지금 고속전차도 가고 있어요. 본진과 앞마당을 동시에 견제할 생각인 듯한데요. 하지만 앞마당은 참호가 지어져 있어서 무리입니다!

―하지만 본진에 나타난 보병들은 윌리엄을 흔드는데 성공했습니다.

윌리엄의 건설로봇들 일부가 우르르 몰려와 보병 2명에게 맞섰다.

보병들은 계속 뒤로 물러서면서 무빙 샷.

―퍼엉!

―또 한 기! 역시 컨트롤 좋죠!

―일부 건설로봇들이 싸움에 동원되느라 일을 하지 못한 것도 손해입니다. 이신 선수의 견제, 여기까지는 성공!

추가 생산된 보병까지 3기가 된 이신이지만, 워낙 체력이 튼튼한 건설로봇들이 달려들자 계속 물러나 구석까지 몰렸다.

본진 한구석.

보병들은 병영 건물 뒤에 숨어 총을 쐈다.

건설로봇들이 우르르 몰려들었다.

그런데 바로 그때였다.

남하(南下)하던 고속전차가 돌연 방향을 꺾었다.

그리고 보병들과 건설로봇들이 싸우고 있는 곳으로 접근했다.

언덕 벽이 둘러져 있어 윌리엄의 본진 안으로 들어갈 수는 없었지만, 고속전차는 언덕 벽에 바짝 밀착했다.

그리고 보병들 또한 언덕 벽에 밀착한 채 윌리엄의 건설로봇들을 끌어들였다.

—투타타타!

—퍼엉! 펑!

언덕 너머에서 고속전차의 공격이 건설로봇들에게 들어갔다.

아슬아슬하게 언덕 벽 너머까지 사거리가 닿는 것이었다.

예상외의 고속전차의 지원사격.

건설로봇들은 급히 뒤로 물러날 수밖에 없었다.

그러면서 이신의 보병 숫자는 벌써 4기가 되었다.

—와! 저기서 고속전차로 건설로봇을 잡을 생각을 하나요?!

—언덕 벽 너머까지 아슬아슬하게 사거리가 걸쳐질 거란 걸 맵 연구 끝에 알아낸 거죠. 병영을 저기다가 안착시켜 놓은 것도 거기까지 완벽히 계산된 거였어요!

—결국 윌리엄 선수가 앞마당 참호에 들어가 있던 보병들을 꺼내 본진 수비에 동원합니다.

참호 안에서 보병 4기를 빼내서 건설로봇들과 함께 다시 공격하는 윌리엄.

하지만 그 순간, 다 알고 있다는 듯이 고속전차는 다시 방향을 돌려서 앞마당으로 향했다.

추가 생산된 고속전차 1기도 뒤따르고 있었다.

—귀신같은 이신 선수입니다. 너 본진 수비하려고 참호에서 보병 꺼냈지? 참호는 텅 비었네? 그럼 나 앞마당 들어간다!

앞마당에 고속전차 난입!

앞마당 확장 기지에 붙여진 건설로봇들이 우르르 몰려나와 블로킹을 하려 했다.

하지만 고속전차는 얄밉게도 블로킹이 완벽하게 펼쳐지기 전에, 틈바구니로 쏙 빠져나가 난입에 성공했다.

그리고 가장자리로 피해 다니면서 무빙 샷!

하지만 건설로봇을 잡으려면 고속전차의 공격이 3회 들어가야 한다.

워낙에 튼튼한 건설로봇들이라 고속전차 1기 가지고는 제대로 된 견제가 어려웠다.

본진 안에서도 전투가 벌어졌다.

보병 숫자는 양측이 똑같이 4기.

하지만 윌리엄은 건설로봇들도 함께 동원한 상태.

당연히 불리한 상황이었지만, 이신은 최대한 컨트롤하며 상대의 보병을 우선적으로 사살했다.

—투타타타타타!

—으악!

—으아악!

전투가 벌어지는 동안, 이신의 병영 건물이 다시 공중에 떠워져 앞마당 쪽으로 이동했다.

윌리엄은 보병을 3기만 잃고 이신의 보병 4기를 모두 잡는 데 성공했다.

그러면서 앞마당에서 끈질기게 견제를 펼치는 이신의 고속전차에게 잃은 건설로봇도 1기밖에 없었다.

체력이 닳을 때마다 건설로봇을 빼내 본진으로 피신시켰기 때문이었다.

─윌리엄 선수 상당히 침착합니다.

─정말 디펜스에 정평이 난 선수답죠.

앞마당에 난입한 고속전차가 2기로 늘어났다.

뒤늦게야 본진을 정리한 윌리엄이 보병을 앞마당 참호로 보내려 했지만,

─으악!

─아아악!

이신의 고속전차가 다 알고 있다는 듯이 본진 출입구로 달려가 보병들을 사살했다.

아슬아슬하게 참호에 들어가기 직전에 보병들을 모두 잡아버린 고속전차들!

"우와아아아아아!"

"카이저! 카이저!"

관중들이 환호했다.

상대가 어떻게 움직일지 디테일하게 전부 계산한 견제 플레이였다.

고속전차 2기는 연이어 본진 안으로 침범했다.

그리고 윌리엄의 기갑정거장으로 접근했다.

윌리엄은 공격받는 와중에도 테크 트리를 꾸준히 올려서, 기동포탑이 생산 완료 직전이었다.

　그런데 고속전차 2기가 그 기갑정거장 앞에 지뢰 2개를 매설했다.

　—아!! 지뢰 개발을 먼저 했습니다!

　—기동포탑이 이제 곧 나온다는 걸 알아요! 다 알고 있어요, 이신!!

　—저거 기동포탑 생산 완료되자마자 지뢰에 폭사당합니다?!

　윌리엄은 역시나 침착했다.

　생산 완료 직전인 기동포탑을 취소시킨 것이다.

　기동포탑이 꼭 필요했지만, 지뢰에 허망하게 당하는 것보다는 취소하고 절반의 자원을 환불받는 게 차라리 나을 거란 계산이었다.

　그런데…….

　—이신 선수 고속전차가 계속 생산되고 있습니다.

　—미니 맵을 보니까 이신 선수 아직도 앞마당을 안 가져가고 있죠?

　—2기갑입니다! 복귀한 이후로 좀처럼 안 쓰던 2기갑을 다시 꺼내들었습니다!

　추가 생산된 고속전차 2기는 좌측면의 샛길을 통해 질주했다.

　한편, 본진에 난입한 고속전차 2기도 계속 지뢰를 매설하고 날뛰었다.

　윌리엄은 지뢰에 당하지 않는 고속전차를 생산해서 건설로봇과 함께 수비에 동원했다.

하지만 이신의 고속전차들은 그야말로 아웃복싱을 하듯이 치고 빠지며 건설로봇만 1기씩 빼먹었다.

거기다가 샛길로 우회한 고속전차가 앞마당을 다시 덮쳤다.

─퍼엉! 펑!

─퍼엉! 퍼어엉!

도처에서 윌리엄의 건설로봇들이 죽는 소리가 들렸다.

이신은 본진 자원을 쥐어짜 생산한 고속전차를 계속 보내서 윌리엄을 두들겨 팼다.

앞마당 정면.

샛길로 우회 침투.

다시 병영을 안착시킨 후에 보병 생산.

잘 대처했던 윌리엄이었지만, 계속 집요하게 잽을 넣는 이신의 공세에 점차 흔들리더니 그로기에 빠졌다.

결국 윌리엄은 질린 표정으로 고개를 절레절레 젓고는 GG를 선언했다.

─윌리엄 선수 GG!

─정말 오랜만에 보는 이신 선수의 2기갑이었습니다!

─경기장의 함성이 아주 뜨겁네요.

─다시 과거의 추억이 떠올랐거든요. 이신 선수의 예전 모습이 그대로 재현된 한 판이었습니다!

─예, 이제 모두가 알게 되었습니다. 절대무적의 카이저가 그랑프리에 돌아왔다는 것을요!

면도날처럼 날카롭게 벼려진 견제 플레이.

앞마당 확장을 하지 않고 뒤가 없는 맹렬한 공세를 펼친 극단성.

상대를 붙잡고 함께 불구덩이에 뛰어드는 위험한 스타일의 이신이 다시금 나타났다.

2세트.

이신은 이번에도 앞마당 확장을 하지 않고 1기갑 1항공 빌드를 썼다.

초반에 4보병과 1고속전차로 함께 러시를 가서 앞마당 확장을 하던 윌리엄을 급습했다.

앞마당 확장을 방해하고, 때마침 고속전차가 나온 윌리엄과 치고받을 때, 항공정거장에서는 스텔스 전투기가 생산되고 있었다.

이후로는 꾸준히 생산된 스텔스 전투기의 활약이었다.

스텔스 모드까지 개발되어서 계속해서 공중을 누비고 다녔다.

연이어 고속전차까지 재생산하여서 항공수송선에 태워 드롭하는 플레이까지 연계했다.

기동력 좋은 유닛들을 이용해 여러 곳을 타격하며 상대의 멘탈을 어지럽히는 이신.

윌리엄은 넋이 나간 표정이었다.

끝없이 시달린 끝에 GG를 치는 윌리엄 딕은 허탈감을 금치 못했다.

"카이저! 카이저!"

차음 헤드셋과 이어폰을 벗은 이신은 자신을 주시하는 카메

라를 보며 미소를 지었다.

이신교의 전 신도들의 마음을 빼앗은 승리의 미소였다.

―이신 선수의 압도적인 승리! 디펜스와 장기전으로 정평이 난 윌리엄 딕을 상대로 꺼내든 이신 선수의 카드는 과거의 추억을 다시 떠올리게 하는 극단적인 공격력이었습니다.

―박영호 선수나 엔조 주앙, 안드레이 이바노프 선수 등 타도 이신을 노리는 내로라하는 적수들이 많이 등장한 이번 그랑프리입니다. 여태껏 이신 선수의 아성을 넘보는 강력한 도전자가 이렇게 많았던 적은 없었습니다. 하지만, 오늘 이신 선수가 그 도전자들에게 자신의 과거 모습을 다시 선보였습니다.

―과거를 다시 떠올려 봐라, 감히 날 상대할 사람이 있었느냐 이거죠!

그리고 화면에 관중석에 있던 안드레이 이바노프가 나타났다.

안드레이는 자리에서 일어나 박수를 치고 있었다.

4년 전의 추억을 떠올리게 하는 초기 스타일의 이신의 플레이에 무척 기뻐하는 기색이었다.

2021년 월드 SC 그랑프리 16강전.

이신은 가뿐하게 8강행을 확정 지었다.

제 2 장

불길

"그렇게 위험을 감수할 필요가 있는 상대였습니까?"

왕춘 감독이 물었다.

이신은 고개를 저었다.

"아닙니다."

"2 대 0 완승이라 다행이지만, 뒤가 없는 플레이라 걱정했습니다."

이신은 다시 고개를 저었다.

"위험을 감수한 적이 없다는 뜻이었습니다."

놀란 얼굴을 하는 왕춘 감독.

이신은 잠시 생각하다가 입을 열었다.

"제 제자 중에 차이와 장양은 늘 무난한 빌드 오더로 시작합니다. 변함이 없죠. 왜 그런지 아십니까?"

"상대가 뭘 하건 이길 자신이 있으니까 위험을 감수하지 않는 군요?"

왕춘 감독이 내놓은 답에 이신은 고개를 끄덕였다.

"예. 저도 그와 비슷한 느낌이었습니다, 오늘은."

그렇게 말하고는 이신은 쉬러 떠났다.

왕춘 감독은 그 뒷모습을 가만히 보다가 중얼거렸다.

"상대가 어떻게 디펜스를 하건 뚫을 자신이 있었던 건가……."

이윽고 입가에 미소를 머금으며 말했다.

"그건 완전히 전성기의 카이저로군."

늘 공격지향적인 이신의 빌드 오더를 뻔히 알면서도, 막지 못하던 시절이 있었다.

그 시절의 모습이 지금 다시 보이고 있었다.

사상 최대의 연봉을 주고 데려온 보람이 있었다.

'지우펑도 힘냈으면 좋겠군.'

이신과 박영호가 영입되는 바람에 기존의 팀 에이스였던 지우펑에게도 정신적으로 영향이 없을 수 없었다.

다행히 지우펑은 노력형이었다.

부족한 피지컬을 피 나는 노력으로 극복하고 중국 톱의 위치로 올라선 입지전적인 선수였다.

그런 근성이 있기에 이신과 박영호에게 지지 않기 위해 전보다 더 노력하고 있었다.

다만 혹여나 끝내 벽을 넘지 못하고 좌절할까봐 걱정되기도 했지만 말이다.

'하기야 더 걱정인 건 리우지. 리우 그 녀석은 전혀 자극을 받지 않으니.'

작년에 데뷔하자마자 다승왕과 신인왕을 수상한 초특급 신인.

쾌활하고 천진난만한 성격의 소유자인데, 지나치게 낙천적인게 흠이었다.

그게 어떻게 흠이 되냐면, 위기감이 없고 굉장히 게으르다.

틈만 나면 몰래 다른 게임을 하고 있고, 잠깐 쉬러 간 틈을 이용해서도 스마트폰으로 모바일 게임을 즐겼다.

그럼에도 불구하고 원채 생겨먹은 재능이 뛰어나서 실력이 탁월했다.

새로운 맵이 발표되면 누구보다도 빨리 맵의 특성을 파악한다.

전략연구팀이 자원과 시간을 타이트하게 짠 고난도의 전략을 제시해도, 단숨에 그걸 소화해 버렸다.

그러니 성실하게 훈련에 임하지 않는다고 질책하기도 뭐했다.

저 재능에 노력까지 하면 분명 톱이 될 것 같은데, 그러지 않으니 답답하던 차였다.

'자극 받으라고 박영호를 데려온 것도 있었지.'

같은 괴물 플레이어를 엄청난 몸값에 데려왔으니 자극을 받을 거라고 생각했다.

그랬더니 자극은 도리어 노력파인 지우펑이 받아버렸고, 리우는 동경의 대상인 이신에게 이따금 관심을 드러내는 것 말고는 변함이 없었다.

'노력도 재능이라더니.'

왕춘 감독은 이내 휘휘 고개를 저으며 번뇌를 털어버렸다.

＊　　　　＊　　　　＊

이신은 장양과 수시로 온라인에서 만나 연습을 했다.

8강전 상대는 괴물 플레이어인 안드레이 이바노프였고, 그의 토털 어택 스타일을 가장 잘 흉내 내는 사람은 장양이었다.

아니, 장양은 흉내를 넘어 아예 자신의 것으로 만들었다.

'쐐기충을 최대한 살려서 후반까지 활용하는 게 포인트로군.'

장양의 플레이를 면밀히 보며 이신은 분석을 했다.

인류를 상대로 쐐기충은 명백한 유통기한이 있었다.

쐐기충의 용도는 비행 유닛의 장점을 최대한 활용한 견제로 인류의 성장과 병력 진출을 지연시키는 것.

하지만 보병들의 공격력이 업그레이드되면, 그 화력에 의해 자칫 잘못해도 몇 마리씩 녹아버린다.

뿐만 아니라 전술위성이 방사능을 살포하면 곁에 있던 쐐기충들도 덩달아 오염되어서 무더기로 체력이 깎인다.

어디 그뿐인가?

인류의 공중의 왕자인 로켓 프리깃도 천적이다.

로켓 미사일을 날려 막강한 범위 공격을 하는 로켓 프리깃은 한데 뭉쳐져 컨트롤되는 쐐기충 편대의 체력을 단체로 뭉텅뭉텅

증발시킨다.

이렇게 천적이 많기 때문에 쐐기충은 초중반에 견제용으로 활용할 뿐, 중후반까지 살리는 경우는 드물었다.

하지만 시간이 흐르면서 트렌드가 조금 달라졌다.

괴물 플레이어들의 컨트롤 능력이 크게 향상된 것.

전술위성에게 방사능 살포를 당하면, 방사능을 뒤집어 쓴 쐐기충만 빼내서 다른 유닛들이 오염되는 걸 막는다.

보병들의 사격을 피해 끈질기게 사각지대로 다니며 게릴라를 펼친다.

로켓 프리깃은 도리어 쐐기충을 미끼로 유인한 뒤, 폭탄충으로 격추시킨다.

물론 이 같은 플레이는 일류의 컨트롤이 필요했다.

장양은 그걸 더할 나위 없이 잘한다.

'안드레이 또한 컨트롤 능력이 발군이었지.'

마이클 조셉을 제압한 경기를 보면 순간순간의 컨트롤 센스가 무척 비범했었다.

'장양과 같은 레벨이라고 생각하고 경기에 임하겠다.'

이신은 장양과의 연습을 통해 자신의 공격력을 더더욱 날카롭게 벼렸다.

너무도 날카로워서 금방 부러질 것 같을 정도로 위험천만하게 말이다.

'일단 레퍼토리 하나는 생겼군.'

안드레이의 토털 어택에 영감을 받아 만들어본 이신의 토털 어택.

병영 병력, 의무병의 섬광탄, 스텔스 전투기, 고속전차의 지뢰를 종합적으로 사용하는 플레이는 장양을 상대로 승률이 굉장히 높았다.

'일단 이걸로 1승.'

8강전부터는 5판 3선승제였다.

이신은 안드레이와의 다전제 시나리오를 차근차근 구상해 나갔다.

'토털 어택을 또 펼치는 척하면서 2항공 스텔스 전투기를 쓰는 것도 괜찮겠군.'

1세트는 2항공을 예상한 상대에게 토털 어택을.

2세트는 전판의 토털 어택을 예상한 상대에게 2항공을.

항공정거장 1채에서 쐐기충을 견제할 정도의 스텔스 전투기만 뽑는 것과, 항공정거장 2채에서 스텔스 전투기를 다수 생산해 공격에 쓰는 건 하늘과 땅만큼의 차이가 있었다.

'생각대로 되면 2세트도 승리할 수 있다. 그럼 2승이군.'

2세트에서 2─0의 스코어를 만들면 대결은 9할가량 이겼다고 봐도 무방했다.

'그리고 3세트는……'

나머지 3, 4, 5세트는 그냥 무난한 플레이를 해도 된다.

하지만 이신의 준비성은 그렇게 허술하지 않았다.

3세트 역시 상대가 예측 못한 전략을 하나 넣을 생각이었다.

'이번에는 무난하게 시작하는 편이 낫겠지.'

너무 본진 플레이 위주로 하면 부작용도 생긴다.

그래서 이번에는 평범한 1병영 더블로 시작하기로 했다.

병영을 짓고 바로 앞마당 확장을 하는 보편적인 빌드 오더 말이다.

하지만 상대의 예측을 벗어난 타이밍이 하나 있어야 한다.

이신은 고민 끝에 한 가지 시도를 더 해보기로 했다.

                    *   *   *

세계 최고의 프로게이머 8인이 윤곽을 드러냈다.

지난해 은메달리스트이며 올해에 한층 더 강력해진 기량을 뽐내는 박영호.

엄청난 뚝심의 철벽 디펜스로 두각을 드러낸 신지호.

미국에서 활약 중인 아마드 부티아.

지난해 금메달리스트 엔조 주앙.

돌아온 러시아의 차르 안드레이 이바노프.

중국 최고의 신족 플레이어 지우펑.

독일의 미하엘 슈나이더.

그리고 말이 필요 없는 게임의 신 이신.

이중 이신과 박영호, 아마드 부티아 등은 최소 8강 이상은 당연히 진출할 수 있다고 추측되는 강자들이었다.

엔조 주앙의 경우 작년에 금메달을 획득한 스타였으나, 올해 들어 부진이 있었기에 좋은 성적을 얻지 못할지도 모른다는 평을 받았다.

미하엘 슈나이더는 탄탄한 기본기를 가진 독일의 강자로, 늘
그랑프리 개인전 무대에서 16강 이상은 하던 선수.

가장 의외의 인물은 바로 두 사람, 신지호와 안드레이였다.

신지호는 전문가들 사이에서는 이미 실력자로 알려지긴 했지
만, 이렇게 세계무대에서 두각을 나타낼 정도라고는 누구도 예상
치 못했다.

또한 안드레이는 이미 2년간 부진을 겪어서 이미 쇠퇴기에 접
어들었다고 평가받았는데, 마이클 조셉을 꺾어서 파란을 일으켰
다.

항상 세간의 추측대로만 되지 않는 것이 승부의 세계인지라,
올해의 그랑프리 개인전은 더욱 큰 관심을 받았다.

[카이저를 꺾을 자는 누구인가?]

[카이저의 권좌 탈환을 저지하려는 도전자들]

[SC스타즈 왕춘 감독 "카이저, 다시 예전 모습으로 돌아가
려 해"]

[엔조 주앙 "진정한 금메달의 주인 될 것"]

[전문가들이 꼽은 유력 금메달 후보는?]

다시 e스포츠는 이신을 중심으로 돌아가기 시작했다.

그랑프리 무대로 돌아온 이신.

손목 부상 이전에는 세계무대에서도 적수가 없었다.

하지만 그가 칩거한 1년간 엔조 주앙과 마이클 조셉 같은 신흥 강자들이 두각을 드러냈다.

예전처럼 결국 카이저를 당해내지 못한다는 스토리가 아닌, 정말 누가 이길지 기대되는 대결 구도가 성립된 것이었다.

특히나 4년 전에 이신과 4강전에서 치열하게 붙었던 안드레이까지 돌아오면서 드라마는 화룡정점을 찍었다.

세계 e스포츠팬들은 그랑프리에서 만들어질 감동의 드라마에 대한 기대를 느꼈다.

그동안 엔딩이 뻔한 드라마만 봐야 했다.

하지만 이제는 카이저라 해도 쉽게 금메달을 장담할 수 없는 예측 불허의 무대였다.

그 탓일까.

스트리밍 서비스로 전 세계에 방영되는 그랑프리 경기의 데이터 송출량은 나날이 역대 최고점을 갱신하고 있었다.

"아주 좋은 바람이 불고 있어."

SC사의 사장, 코렛 사장은 기분 좋게 웃었다.

월드 SC 그랑프리의 소식을 전하는 인터넷 뉴스들은 e스포츠 시장이 카이저의 귀환과 함께 더욱 부흥하고 있음을 알리고 있었다.

"여기서 끝날 바람이 아니지."

전 세계 e스포츠팬들에게 선사하고 싶은 사상 초유의 이벤트가 준비 중이었다.

스페이스 크래프트 리마스터 정식 출시.

그리고 카이저를 그대로 재현한 인공지능!

이 이벤트들은 월드 SC 그랑프리의 열기가 식기도 전에 더더욱 불을 지필 것이다.

산불처럼 번져나가 활활 타오를 것이다.

불타오르듯이 팬들은 열광할 것이다.

"그렇지, 카이저?"

코렛 사장이 주시하는 모니터에는 이제 막 온라인 대전에서 승리를 거뒀다는 알림 메시지가 뜨고 있었다.

아이디는 다음과 같았다.

Kaiser2018.

카이저의 1년 치 플레이 데이터를 더 입력한 이 인공지능은 더더욱 살아 숨 쉬는 것처럼 온라인을 주름잡고 있었다.

이 인공지능은 스스로 학습하는 머신러닝 방식이 아니라서 지금껏 없었던 무언가를 창조하지 못한다.

이미 카이저가 과거에 시도했던 플레이만 재현할 뿐.

그럼에도 불구하고 Kaiser2018은 충분히 다채롭고 플레이 하나하나가 살아 있었다.

그만큼 카이저가 이룩한 데이터는 방대하고 위대했다.

S등급에 오른 Kaiser2018은 이미 수없이 영입 제의를 받고 있었다.

현재는 북미 서버에서 활동 중이나, 곧 아시아, 유럽 서버에서도 활약케 할 생각이었다.

정체불명의 온라인 초고수!

전 세계가 이 신비 고수의 정체를 궁금해할 것이다.

그리고 결정적인 순간, 코렛 사장은 준비한 모든 이벤트를 뻥 터뜨릴 생각이었다.

그날을 기다리며 코렛 사장은 불을 서서히 지피고 있었다.

'그러기 위해서라도 카이저 당신이 다시 권좌에 올라주어야 할 텐데.'

과거와 현재의 카이저가 맞붙는다는 세기의 빅 매치를 위해서라도 말이다.

*　　　　*　　　　*

"이겼다!"

"와아아!"

"좋았어!"

SC스타즈의 선수들이 모여서 얼싸안고 기뻐했다.

왕춘 감독 또한 코칭스태프와 함께 박수를 치며 좋아했다.

월드 SC 그랑프리 단체전, 8강전.

SC스타즈는 우승 후보로 손꼽히는 강호 밴쿠버SCC를 상대로 3-1 승리를 거뒀다.

올해 여름 이적 시장에서 이신과 박영호라는 특급 선수를 영입하여서 화제가 되었던 SC스타즈.

그러나 그 두 특급 용병이 없이도 밴쿠버SCC를 꺾었기에 값어치가 컸다.

이번 승리는 왕춘 감독과 SC스타즈 전략연구팀의 역량이 돋보였다.

왕춘 감독은 밴쿠버SCC의 핵심 전력인 에이스 존 던과 최근 기량이 회복되어 맹활약하는 맥 존스 두 선수가 모두 신족 플레이어임을 노렸다.

1세트 선봉으로 리우를 출격시키는 초강수.

1세트는 신족에게 유리한 맵이 배정된 탓에 밴쿠버SCC가 필승 카드인 에이스 존 던을 내보낼 거란 걸 예상하고 이를 저격한 것이었다.

아무리 종족 상성이 있더라도 신족 맵에서 세계적인 신족 플레이어인 존 던을 이기기란 힘든 일.

하지만 리우는 전략연구팀이 존 던 용으로 맞춤 설계한 전략을 익힌 상태였다.

타이밍에 조금도 오차도 있어서는 안 되는 고난도의 심리전을 리우는 아주 멋지게 소화했다.

낯선 맵과 낯선 전략에 곧잘 적응하는 리우의 천재성을 믿고 둔 한 수였다.

결국 1세트에서 상대 팀의 필승 카드였던 존 던을 격파함으로서 SC스타즈는 기선을 제압했다.

1세트에서 반드시 1승을 거둘 거라고 예상했던 밴쿠버SCC는 시나리오에 어긋난 결과가 나타나자 첫 단추가 잘못 꿰이듯이 사기가 꺾이고 동요했다.

그로서 게으르고 딴짓을 한다고 구박받던 리우는 크게 한 건

올려서 한동안은 잔소리를 듣지 않을 권한을 획득했다.

"목표는 우승입니다."

왕춘 감독은 간단히 소감을 담은 인터뷰를 했다.

중국 최강 팀다운 패기였다.

이제 이신과 박영호도 참전하게 되는 내년부터는 SC스타즈에 대적할 수 있는 팀이 없을 수도 있다는 전망이 나올 정도였다.

세계 최고의 명가를 목표로 한 강팀들도 내년 그랑프리를 위해서는 빅 사이닝(Big signing)을 영입해야 할 필요성을 느낀 것이다.

이적 시장의 최대 매물이 나오는 무대는 단연 월드 SC 그랑프리.

덕분에 곤란하게 된 것은 쌍성전자였다.

"또 문의가 왔다고?"

"예, 이적료는 장난이 아니던데요."

하영훈 감독은 골머리를 썩었다.

최영준과 신지호는 쌍성전자를 떠받드는 기둥이었다.

특히 신지호의 영입은 하영훈 감독의 신의 한 수로 불리고 있었다.

신지호를 영입하지 않았더라면 쌍성전자는 돌풍을 일으킨 올도어SCC에게 전혀 대항도 못하고 맥없이 무너졌을 것이다.

하지만 신지호가 있어서 최영준과 함께 팀을 견인해 강팀의 자존심을 유지할 수 있었다.

오히려 올도어SCC를 본받아 해외에서 뛰어난 선수를 데려올 계획도 하고 있던 하영훈 감독은, 신지호를 노리는 세계 강팀들의 영입 제안에 괴로워할 수밖에 없었다.

"지호 녀석 성격에 해외 진출을 하고 싶어 할 텐데."

"야망이 크잖습니까."

야심이 큰 신지호.

자신의 값어치를 제대로 받기 위해 MBS를 버리고 쌍성전자로 기꺼이 올 정도의 강한 성격의 소유자였다.

"일단 지호를 부르지."

하영훈 감독은 결국 신지호와 직접 이야기를 나눠보기로 했다.

현재 쌍성전자도 신지호도 그랑프리를 치르느라 한창이었다.

갈등의 여지가 있는 것은 즉각 매듭을 짓고서 남은 경기를 치르는 게 좋다고 판단했다.

"요즘 널 영입하려는 팀이 많은 것 알지?"

"인터넷 뉴스에서도 신나게 떠들던데요."

"그만큼 네가 잘해서 그런 거지."

신지호의 뚱한 대꾸에 하영훈 감독은 웃으며 말했다.

저리 귀찮다는 듯이 말해도 실은 해외 진출에 대해 관심이 매우 많다는 걸 잘 알고 있었다.

"지호야."

"네."

"해외 진출… 하고 싶냐?"

"더 좋은 대우를 받을 수 있다면 당연히 가고 싶죠."

칼같이 자기 의사를 또렷이 밝히는 신지호.

하영훈 감독은 고개를 끄덕였다.

"그래, 프로니까."

"감독님은 어떻게 생각하시는데요?"

이번에는 신지호가 물었다.

하영훈 감독은 한숨을 쉬며 말했다.

"허심탄회하게 얘기하마. 난 네가 올해 시즌이 끝날 때까지만 더 기다려 줬으면 좋겠다. 올해 시즌의 성과에 따라서 팀에 더 투자가 될 거야."

"성과라면 우승인가요?"

"그런 성적도 중요하지만 더 중요한 건 어찌 되었건 마케팅적인 효과야. 우리가 프로리그 우승을 했던 작년보다 올해가 더 성과가 좋아. 올도어SCC에게 1위를 빼앗긴 상태지만, e스포츠에 대한 관심은 더 높아졌거든."

하영훈 감독이 계속 말했다.

"그리고 네게도 더 준비 기간이 필요해. 언어 문제나 각 국가별로 플레이 스타일이 다른데 거기에 얼마나 잘 적응하느냐도 그렇고."

의아해하는 신지호에게 하영훈 감독이 설명했다.

"단적으로 말하마. 그랑프리 개인전에서는 현재까지 좋은 모습을 보이고 있지만, 단체전에서는 어떠냐?"

"……"

신지호는 할 말이 없었다.

그랑프리 단체전에서 신지호는 현재까지 3승 4패였다.

신지호에 대해 분석한 상대 팀 전략팀이 정면대결보다는 허를 찌르는 올인 전략을 잇달아 펼쳐 그를 거꾸러뜨린 것이다.

"해외 프로게이머 애들은 그냥 시키는 대로 게임하는 기계들이야. 걔네들 프로리그는 전략팀들의 두뇌 싸움이고, 선수들은 거기에 동원되는 도구지."

그 말에 신지호는 눈살을 찌푸렸다. 하지만 그 또한 들은 바가 있었기 때문에 부인하지 못했다.

"그래서 유독 우리나라 선수들이 월드 SC 그랑프리 개인전에서만큼은 좋은 성적을 거두는 것인지도 모르지. 우리나라 선수들은 스스로 생각하고 연구하니까."

"그것도 일리 있죠."

"널 만족시켜줄 엄청난 몸값을 지불해주는 세계 강호는 네가 독자적으로 이룩한 스타일을 완전히 인정해 주지는 않을 거야. 조금씩 자기들 취향에 맞게 교정시키려 들 테지."

"제가 인정받을 수도 있지 않나요?"

"아직 그 정도의 커리어를 쌓지 못했잖니. 지금 널 영입하겠다는 팀들의 생각은 네 자질이 괜찮으니까 좀 더 가르치면 훌륭한 도구가 될 거라는 정도다."

그 말에 신지호는 분노한 기색이 떠올랐다.

"이신이나 박영호도 그런 고충을 겪고 있을까요?"

"그럴 리가."

하영훈 감독은 쓴웃음을 지었다.

"두 사람은 이미 자기 플레이에 대해 터치받지 않을 정도의 경지에 이르렀어. 나야 네가 그 둘에 비해 부족함이 없다고 생각하지만, 그걸 알아주는 건 한국 팬들밖에 없어."

하영훈 감독의 말이 옳았다.

누가 신이라 불리는 이신에게 전문가랍시고 이래라 저래라 터치를 하겠는가?

은메달리스트이자 이신의 강력한 적수로 평가받는 박영호 또한 그런 경지를 넘어선 지 오래였다.

하지만 신지호는 아직 세계적으로 인정받을 만한 커리어를 쌓지 못했다.

"그랑프리 성적이 문제네요."

신지호의 두 눈에서 불똥이 튀었다.

아직 개인전에서 어떤 메달도 목에 걸어보지 못했다. 단체전 성적은 승률 5할 아래로 기대 이하의 모습을 보였다.

'날 그 자식들보다 아래 등급으로 봤다 이거지?'

하영훈 감독의 냉정한 분석은 신지호의 오기에 불을 지폈다.

*   *   *

같은 방을 쓰고 있음에도 이신과 박영호는 서로 대화를 잘 나누지 않았다.

결국 결승전에서 마주칠 적이기 때문이었다.

식사나 티타임에서의 일상적인 시시콜콜한 대화는 나눴지만,

오직 게임에 대한 이야기는 한마디도 나오지 않았다. 게임과 관련된 단어 하나조차 꺼릴 정도의 긴장감이 두 사람 사이에 오갔다.

어쩔 수 없었다.

그랑프리였다.

모든 프로게이머에게 꿈의 무대였으며, 거기에 목숨을 건 두 사람이었다.

그런데 어느 날이었다.

엔조 주앙과의 8강전 당일, 호텔을 나서면서 박영호가 문득 이신에게 말했다.

"형."

"왜?"

"오늘 경기 잘 봐두는 게 좋을 거야."

"……?"

"엔조 주앙을 형이라고 생각하고 박살을 내버릴 거거든."

이신은 피식 웃었다.

"실망시키지나 마."

"보면 알아."

그렇게 박영호는 떠났다.

기세등등한 뒷모습을 보며 이신은 예감이 들었다.

'영호가 이기겠군.'

비밀리에 훈련에 임하던 모습에서 상당한 독기가 느껴졌던 박영호였다.

또한 박영호는 냉정할 때보다 감정적으로 격정에 찼을 때 더욱 무서운 역량을 발휘하는 기분파였다. 작년에 결승전에서 금메달을 빼앗아간 엔조 주앙이 상대이니만큼, 오늘의 박영호는 정말 무서울 터였다.

'엔조 주앙이 영호를 어떻게 꺾으려 하는지도 참고가 되겠어.'

자신과 비슷한 스타일을 지닌 엔조 주앙이었다.

게다가 곧 있을 이신의 8강전 상대도 괴물이었기 때문에, 괴물 대 인류인 오늘 경기가 큰 참고가 될 터였다.

＊　　　　＊　　　　＊

그날, 작년도 금메달리스트와 은메달리스트가 벌인 리벤지 매치는 치열한 혈투로 팬들의 기대감을 120% 채워주었다.

피지컬 괴물 박영호.

심리전과 컨트롤 테크닉의 달인인 엔조 주앙.

박영호라는 황소와 엔조 주앙이라는 투우사의 대결이었다.

엔조 주앙은 정면 대결을 피하면서 박영호에게 끊임없이 심리전을 걸어 빈틈을 공략하려 들었다.

박영호는 확장과 최소한의 디펜스라는 자신의 스타일을 지켜 나갔다. 엔조 주앙의 수를 읽고 대비해 나갔다.

수많은 사람들이 엔조 주앙의 편에 서서 응원을 해야 했다.

왜냐하면 언제나 엔조 주앙이 더 위태로워 보였기 때문에 더 응원하고 싶어졌던 것이다.

1세트는 게임을 장기전으로 끌고 간 박영호가 괴물 대군을 휘몰아치며 압승.

2세트는 초반부터 심리전을 펼친 엔조 주앙이 똑똑하게 승리를 챙겼다.

3세트는 역시나 심리전을 펼친 엔조 주앙의 수가 도리어 막히면서 박영호의 우세로 진행되었다. 박영호는 심리전이라는 장난질에 대한 응징을 하듯 희망을 싹을 밟아나가며 시종일관 엔조 주앙을 압도했다.

4세트는 엔조 주앙이 다시 한 번 심리전을 걸었다. 치즈러시를 할 것처럼 속이고 도리어 생 더블을 가져간 것이다.

엄청난 자원적 열세로 게임을 시작한 박영호.

하지만 시간이 흐르자 분위기가 심상치 않아졌다.

자원 우위를 바탕으로 몰아치는 엔조 주앙의 공세를 꾸역꾸역 막아내는 박영호.

철벽 괴물!

현란한 스피드로 멀티태스킹을 하며 방어와 카운터 견제 플레이를 동시에 수행.

그리고 끝내,

―오 마이 갓!! 엄청난 역전극이 나왔습니다!

―러너! 정말 무서운 선수입니다. 심지어 카이저를 상대로도 이 같은 역전승을 이루어낸 전적이 있지요? 그야말로 철벽 그 자체! 러너는 절대로 무너지지 않았습니다!

말도 안 되는 역전극!

그때 박영호는 이미 엔조 주앙의 심리를 완전히 꿰뚫고 있었다.

박영호의 디펜스 속도가 엔조 주앙의 공격을 한참 추월했다.

엔조 주앙은 계속 공격만 시도하다가 자멸하며 GG를 선언했다. 철벽처럼 방어만 한 박영호의 승리였다.

"이제 제 앞길에는 오직 한 사람만이 있을 뿐입니다."

박영호는 승자 인터뷰에서 그렇게 선언했다.

결승전에서 만날 이신 외에는 아무도 문제가 안 된다는 오만한 파격 발언이었다.

치열한 혈투 끝에 승리를 쟁취한 박영호를 보며 이신은 미소를 지었다.

멋진 플레이를 보여준 박영호에게 꼭 보답을 해주고 싶었다.

이틀 후, 이신은 안드레이 이바노프와의 8강전을 치르게 되었다.

그날, 경기장으로 떠나기 전에 이신은 박영호에게 말했다.

"내기 하나 할까?"

"무슨 내기?"

"내가 몇 대 몇으로 안드레이를 이기는지."

이신의 제안에 박영호는 재미있다는 듯이 씨익 웃었다.

"좋지. 난 3 대 2로 형이 이긴다에 10만 원 건다. 안드레이 실력 보니까 심상치 않았거든. 형은?"

"3 대 0."

이신의 말에 박영호는 깜짝 놀랐다.

뒤에 이어진 말은 더욱 충격적이었다.

"틀리면 1억을 주지."

"뭐?"

"3 대 0이야. 100%."

이신은 미소를 지었다.

"잘 봐둬. 내가 저 기세 좋은 안드레이를 어떻게 무너뜨리는지."

박영호의 이마에 식은땀이 맺혔다.

*　　　　*　　　　*

'저 인간이 뭘 믿고 그렇게 자신만만하지?'

경기장에 온 박영호는 전전긍긍했다.

'자기는 1억 별거 아니니까 큰소리친 거 아냐?'

불안한 기색이 역력한 박영호.

그랑프리 중에 부진한 모습까지 보인 이신이었다.

이번에야말로 그를 꺾고 금메달을 목에 걸 찬스라고 여겼다.

그런데 갑자기 예고 3—0 셧아웃 선언이라니?

'안드레이는 정말 만만치 않던데.'

마이클 조셉을 2—0으로 박살 내버린 안드레이 이바노프였다.

그 경기력은 함께 본 박영호의 눈에도 감탄스러웠다.

대체 무슨 수로 저 돌아온 차르를 3—0으로 압도하겠다는 것인가?

같은 괴물 플레이어로서 박영호는 불안하기 이를 데 없었다.

'매는 최대한 늦게 맞는 게 최고지.'

박영호는 이신이 준비한 괴물전 전략을 이 기회에 확인해 보기로 했다.

귀에 꽂은 이어폰을 통해 한국 해설진의 중계가 들려왔다.

―두 사람이 다시 만났습니다.

―4년 전에도 그랑프리에서 치열하게 맞붙었던 두 사람이었죠.

―예, 그때도 참 인상적인 경기력을 뽐내던 러시아의 차르가 다시 돌아왔습니다. 다시 이신 선수와 겨루기 위해 2년간의 부진을 극복하고 부활했다 해도 과언이 아닌 거예요!

이윽고 대형화면에 4년 전 경기 영상이 흘러나왔다.

이신과 안드레이의 대결을 더 부각시키기 위해 과거의 경기 하이라이트를 보여주는 것이었다.

―야, 다시 봐도 대단한 승부였네요.

―예, 결국 이신 선수의 승리였지만 안드레이 선수도 한 치도 물러서지 않고 당당히 싸웠습니다.

―그렇습니다! 애당초 저때는 이신 선수와 저만큼 싸울 수 있는 사람이 없었잖습니까!

―예, 끽해야 황병철 선수나 손지훈 선수 등 몇 명 되지 않았는데, 하하하. 정말 긴 세월이 흘렀네요.

대병력으로 몰아치는 안드레이.

계속 소수 병력을 적의 배후로 투입해 게릴라를 펼치는 이신.

끝내 승자는 이신이었다.

─안드레이 선수의 강력한 한 방과 이신 선수의 끊임없는 견제 플레이의 대결이었던 것 같습니다. 오늘도 그때와 같은 양상이 될지도 경기 관람의 포인트 중 하나가 될 것 같습니다.

─그렇습니다. 안드레이 선수는 예전의 스타일 그대로이고, 이신 선수도 약간의 변화가 있긴 했어도 공격적인 본연의 모습은 여전하거든요.

이윽고 영상에 이신의 현재 모습이 보인다.

SC스타즈의 매니저가 키보드와 마우스를 세팅해 줬다.

가만히 앉아 있던 이신은 세팅된 장비로 플레이를 해보고는 고개를 끄덕였다.

4년 전과 비교했을 때, 이신은 앳된 모습이 사라지고 성숙해져 있었다.

변한 건 안드레이도 마찬가지.

4년 전 소년의 인상을 완전히 벗고 어른으로 탈바꿈한 안드레이였다.

하지만 긴장감만큼은 그때 그대로인 듯, 심호흡을 하며 정신을 가다듬는 모습이었다.

일생동안 만나본 가장 높은 벽이었던 카이저와 다시금 맞닥뜨렸으니 그럴 만도 했다.

─양 선수 모두 준비가 된 모양입니다.

─예, 1세트 이제 시작합니다!

그렇게 게임이 시작되었다.

유심히 이신의 빌드 오더를 관찰하는 박영호.

11번째 건설로봇이 생산되었을 무렵이었다.

이신은 병영을 짓고, 동시에 광산에 제철소도 짓기 시작했다.

박영호는 흠칫했다.

'광산을?'

병영을 짓고 바로 자원을 모았다가 앞마당에 확장 기지를 구축하는 것이 일반적인 테크 트리였다.

—이신 선수, 11병영 11광산으로 빌드 오더를 시작합니다.

총 인구수가 11일 때 병영과 제철소를 지었다는 뜻이었다.

—제철소를 일찍 짓는데요, 2항공 스텔스 전투기를 쓸 생각인 것 같습니다.

그렇게밖에 생각할 도리가 없었다.

이윽고 이신은 기갑정거장을 지었다.

병영, 기갑정거장, 군량고를 연결해서 지어 본진 출입구를 틀어막는 심시티를 실행했다.

기갑정거장에서 고속전차를 생산하는 한편, 항공정거장 건설을 시작했다.

—어? 항공정거장을 하나만 짓습니다.

—2항공이 아닌데요.

—아, 이건 1—1—1이네요. 병영과 기갑정거장과 항공정거장을 하나씩 짓는 빌드 오더인데, 운영법이 너무 까다로워서 잘 쓰이지는 않습니다.

—까다로운 걸 유독 잘하는 게 또 이신 선수죠.

─하하, 그렇습니다. 소수의 고속전차와 스텔스 전투기를 허투루 쓰지 말고 잘 관리해야 하는 게 포인트인데, 그게 가능하려면 컨트롤과 멀티태스킹이 상당해야 하거든요.

첫 생산된 고속전차가 안드레이의 진영을 향해 달렸다.

이신은 앞마당에 확장 기지를 짓기 시작했다.

고속전차의 역할은 감시였다.

안드레이가 바퀴를 잔뜩 거느리고 공격 나올지도 모르는 일이므로, 정찰을 보내서 동향을 감시하게 하는 역할이었다.

안드레이는 독침충을 생산하고 있었다.

이신이 스텔스 전투기를 생산했다는 걸 알기 때문에 독침충을 진영 곳곳에 배치해서 대공 방어를 철저히 해두고 있었다.

스텔스 전투기가 생산되자마자 날아가 근처를 정찰하고 있던 하늘군주를 사냥하기 시작했다.

또한, 4기까지 생산된 고속전차들도 맵 곳곳에 지뢰를 매설했다.

거의 맵의 9할가량을 시야로 밝혀 놓은 이신.

이에 비해 안드레이는 이신의 고속전차와 스텔스 전투기가 부지런히 다니며 정찰을 방해한 통에 맵 시야가 몹시 좁았다.

정보를 차단시켜서 불안감을 가중시키는 이신의 수법이었다.

하지만 안드레이는 불안하다고 꽁꽁 틀어박혀 있는 성격이 아니었다.

독침충이 하늘군주와 함께 뛰쳐나와 인근을 순찰하며 매설된 지뢰들을 제거해 주었다.

그러면서 확장 기지를 추가로 가져가며 장기전을 준비하는 모습이었다.

―안드레이 선수 침착한데요.

―하지만 아직 이신 선수도 특별한 움직임은 없습니다. 이렇게 얌전히 있을 선수가 아닙니다만……

―무언가를 준비하고 있겠죠. 고속전차와 전투기는 정말 쉬지 않고 돌아다니네요.

이신은 차근차근 준비해 나갔다.

고속전차, 스텔스 전투기, 전술위성, 기동포탑, 항공수송선, 보병·의무병·화염방사병 등등.

종합선물세트처럼 다양한 유닛이 조금씩 모두 모였을 때, 마침내 이신은 공격에 나섰다.

스텔스 전투기 4기가 첨병이 되어서 진격로를 정찰했다.

안드레이는 바퀴와 독침충과 촉수충으로 이루어진 지상 병력으로 요격을 나왔다.

한판 붙어볼 기세였다.

고속전차들이 진격로의 반대 방향에 지뢰를 매설하여서 적이 배후로 우회하는 것을 차단했다.

동시에 스텔스 전투기들도 스텔스 모드로 모습을 감춘 채 끊임없이 터닝 샷을 날리며 상대를 괴롭혔다.

기동포탑이 자리 잡고서 포격모드로 변신하고 나머지 병영 병력이 진영을 펼치자, 안드레이는 쉬이 달려들지 못하고 뒤로 물러섰다.

학익진의 형태로 잘 포진된 인류에게 정면으로 달려드는 것은 미친 짓이었다.

 호시탐탐 덤벼들 기회를 노리는 안드레이.

 하지만 이신은 진영을 잘 유지한 채, 서두르지 않고 차근차근 진군했다.

 시간이 없는 쪽은 도리어 안드레이였다.

 이신의 군대가 점점 가까이 당도하고 있었다.

 뿐만 아니라, 스텔스 전투기가 본진과 확장 기지를 오가며 계속 일벌레를 사냥했다.

 심지어 항공수송선에 태운 고속전차 3기를 본진에 드롭해 테러를 가하기도 했다.

 ─적재적소에서 모든 유닛이 100% 활용되고 있습니다. 정말 수준 높은 운영이네요.

 ─안드레이 선수는 어서 결정을 내려야 합니다. 정면으로 붙어서 인류의 병력을 격파하면 승기를 잡게 됩니다. 지금 이 순간에도 이신 선수의 견제에 의하여 피해가 누적되고 있어요!

 마침내 안드레이도 결단을 내렸다.

 다수의 괴물 대군을 이끌고 정면으로 돌입한 것이다.

 "와아아!"

 "오오!"

 우르르 몰려드는 괴물 떼의 총공격은 일대 장관이었다.

 일사불란한 안드레이의 병력 통제!

 이신의 불꽃같은 보병 컨트롤도 시작되었다.

―투타타타타타타타타!

―키엑!

―케엑!

보병들의 기관총 난사에 바퀴들이 피떡이 되었다.

하지만 뒤이어 달려온 독침충의 독침 난사로 보병들 또한 죽어나갔다.

무엇보다 촉수충이 가까이 접근해 땅속에 들어간 순간, 보병들은 지체 없이 뒤로 물러났다.

―촤아아아아아악!

―으악!

빠른 후퇴 덕에 촉수충들의 촉수 공격에 긁힌 보병은 1기뿐이었다.

하지만,

―촤아아악!

―퍼어엉!

또다시 촉수들에 긁혀 기동포탑이 폭발했다.

―안드레이 선수 병력 많습니다!

―이신 선수 잘 싸우고 있습니다만 수에서 밀립니다!

그 와중에도 이신의 컨트롤은 가공할 수준이었다.

촉수를 이리저리 피해 다니며 바퀴와 독침충만 쏴 죽이는 보병들의 컨트롤!

또한 전술위성은 화염방사병에게 디펜시브 실드를 걸어주었다.

디펜시브 실드로 보호된 화염방사병이 화염을 뿌려서 바퀴들을 학살했다.

—촤악!

—촤아악!

여기저기서 촉수충들이 촉수를 뻗었지만, 화염방사병들은 절묘하게 지그재그로 피했다.

"와아아아!"

"오 마이 갓!"

전체적으로 안드레이가 조금씩 밀어내는 형국이었지만, 곧이어 추가 생산된 이신의 병력이 도착하면서 다시 전투가 격화되었다.

그러는 동안에도 스텔스 전투기는 계속 춤을 추며 일벌레를 죽여 나갔다.

—안드레이 선수의 피해가 계속 누적되고 있습니다!

'뭐 저런……'

박영호는 욕이 나오려 했다.

안드레이가 잘못한 부분이 하나도 없었다.

그런데 모든 유닛이 120% 활용되는 이신의 총공세에 조금씩 무너지고 있었다.

일부 병력을 우회시켜서 기습을 시도하기도 했지만, 미리 매설해 놓은 지뢰에 의해 폭사당하기까지 했다.

완전무결(完全無缺).

빈틈이 하나도 없이 종족 간의 상성이 극대화된 악랄한 플레이였다.

결국, 안드레이는 GG를 선언했다.

"와아아아아!!"

"카이저! 카이저!"

─이신 선수가 정말 무서운 전략을 들고 나왔습니다. 모든 유닛이 종합적으로 자기 역할을 하니까 괴물이 어떻게 해볼 도리가 없었어요.

안드레이가 무엇을 하려 하든 이에 대응하는 유닛이 있었다.

'토털 어택이구나.'

박영호는 이신의 전략 컨셉을 알아챘다.

안드레이의 토털 어택을 모티브로 한 전략이었다.

박영호는 머릿속이 복잡해졌다.

자신이라면 저걸 어떻게 격파해야 할지 궁리했다.

답이 잘 나오지 않아서 답답했다.

그러는 사이에 휴식 시간이 훌쩍 지나가 버리고, 2세트가 시작되었다.

2세트는 1세트 때보다 더 화려한 쇼가 준비되어 있었다.

─이번에도 11병영, 11광산입니다.

─전판의 전략을 또 꺼내드나요? 안드레이 선수도 정찰로 이를 발견했습니다.

─안드레이 선수의 머릿속이 복잡해지겠는데요.

안드레이는 쐐기충으로 체제를 잡은 듯했다.

쐐기충 편대로 제공권을 제압해 가장 골치 아픈 스텔스 전투기가 활약하지 못하게 막으려는 듯했다.

하지만 이신의 선택은 2항공.

이번에는 작심하고 스텔스 전투기에 힘을 주고 있었다.

한바탕 공중전이 예상되는 중에, 돌연 이신의 군사학교 건물에 불이 들어왔다.

—보병의 사거리 업그레이드는 이미 했을 텐데요? 뭘 개발하는 걸까요?

—각성제 개발을 하고 있는 걸까요?

2021년 월드 SC 그랑프리에서 가장 화려한 쇼가 벌어지려 하고 있었다.

제3장

최고조

　스텔스 전투기 편대가 움직였다.

　놀랍게도 항공수송선에 의무병 2명을 태워 함께 움직였다.

　—항공수송선에 의무병만 태웠습니다. 저건 드롭이 아닌데요?

　—설마 섬광탄 아닐까요?

　—아! 그렇겠네요! 의무병만 태웠다는 것은 섬광탄으로 하늘 군주의 눈을 멀게 만들려는 의도로밖에 생각되지 않습니다.

　—공중전은 한순간에 결판이 나기 때문에 이런 판단을 한 것 같습니다.

　—저게 항공수송선이기 때문에 또 안드레이 선수도 달려들 수밖에 없거든요. 자기 본진에 병력이 드롭하게 놔둘 수 없으니까요!

해설진의 목소리가 점점 흥분에 차올랐다.

―정말 까다로운 컨트롤이 될 겁니다. 쐐기충, 폭탄충과 싸우면서 컨트롤하는 와중에 의무병을 항공수송선에서 내려서 섬광탄으로 하늘군주로 맞추는… 와!

―말만 들어도 복잡해 죽겠습니다! 그걸 해낼 생각을 하다니, 이신 선수답습니다. 컨트롤에 관한 한 신의 경지거든요.

―정말 신이죠. 그래서 이름도 신이잖습니까.

―하하하! 이신 선수 부모님께서 선견지명이 있으셨던 듯합니다. 자, 어찌 됐건 이신 선수 갑니다.

11기의 스텔스 전투기.

그리고 의무병 2명을 태운 항공수송선 1척.

이신의 편대가 그렇게 출발했다.

인근을 맴돌며 정찰하고 있던 폭탄충 2마리가 전투기들의 공격에 의해 한순간에 녹아버렸다.

하지만 이를 통해 안드레이도 항공수송선의 존재를 알게 되었다.

안드레이도 출발했다.

쐐기충 11마리와 폭탄충 10마리의 만만치 않은 편대였다.

거기에 스피드 업그레이드가 된 하늘군주도 4마리나 대동했다. 한두 마리가 격추되어도 상관없이 스텔스 전투기와 싸울 수 있도록 말이다.

―안드레이도 작심을 했습니다.

―사실 위태로운 쪽은 어딜 봐도 이신 선수입니다. 스텔스 모

드만 빼면 전투기는 그냥 체력 약한 종이 비행기거든요!

　—한 치의 실수도 없는 칼 같은 컨트롤이 필요합니다. 가능할
까요?

　—조금은 이신 선수가 무리수를 둔 게 아닐까 하는 생각도 듭
니다만, 끝까지 지켜봐야겠죠.

　양측이 맞닥뜨렸다.

　안드레이의 폭탄충들이 부채꼴로 활짝 펼쳐졌다.

　그대로 감싸 버려서 전부 격추시키겠다는 의도였다.

　—안드레이, 진형이 아주 좋습니다!

　—예, 이신 선수도 여기서는 그냥 물러나죠.

　뒤로 물러나는 이신 편대.

　안드레이는 그대로 감싸듯이 이신 편대의 뒤를 쫓았다.

　그때 스텔스 전투기들이 터닝 샷을 펼쳤다.

　—펑! 퍼엉!

　—키엑!

　—키에엑!

　삽시간에 폭탄충 2마리가 격추.

　전투기들이 계속 춤을 추며 폭탄충으로 펼쳐진 한쪽 날개를
꺾었다.

　그리고 그리로 항공수송선과 함께 빠져나간다.

　"오—!"

　"와우!"

　관중석에서 탄성이 터져 나왔다.

이신의 플레이가 보여주는 아슬아슬한 스릴 탓이었다.

측면으로 빠져나온 이신은 반원을 그리며 선회하며 기회를 엿봤다.

안드레이도 녹록치 않았다.

거리를 유지한 채로 진형을 재정비하고, 무엇보다도 하늘군주들이 격추당하지 않도록 뒤로 뺐다.

—정말 스릴 넘칩니다. 이 선수의 경기는 유독 그래요!

—그래서 이신 선수가 사랑을 받는 거죠. 아무튼 안드레이 선수도 대단히 침착하게 대응하고 있습니다.

—예, 이신 선수의 컨트롤이 워낙 화려하지만, 안드레이 선수도 전투에서 웬만해서 안 져요!

—어? 이신 선수의 지상군이 진격을 개시합니다!

이신의 본진에서 보병·의무병·화염병으로 구성된 지상군이 진격을 개시했다.

기동포탑 2기도 포함된 지상군 전력.

공중전을 펼치는 와중에, 이신은 안드레이에게 멀티태스킹 싸움을 건 것이다.

난 공중전을 펼치면서 지상군도 다룰 수 있다.

너도 과연 양쪽을 모두 신경 쓸 수 있을까?

안드레이가 거기에 화답했다.

바퀴와 독침충과 촉수충으로 구성된 괴물 병력이 출진한 것.

공중전에 이어 지상에서도 양측의 병력이 충돌하려 하고 있었다.

그 순간, 이신이 비호처럼 달려들었다.

—키에엑!

일점사로 쐐기충 1마리를 사살하고 빠지는 스텔스 전투기들.

이에 질세라 안드레이의 편대도 맹렬히 뒤쫓았다.

—슈슝!

—쐐애액!

미사일과 쐐기가 교차하며 치열하게 공방을 주고받는 양측!

—스르륵.

스텔스 전투기 편대가 일제히 스텔스 모드를 써서 모습을 감췄다.

그러자 안드레이는 쐐기충들을 하늘군주들이 있는 곳으로 몰렸다.

바로 그때였다.

이신의 두 손이 미친 듯이 움직였다.

스텔스 전투기들이 좌로 선회하며 이목을 끈다.

그러는 동안 항공수송선이 가까이 접근.

거기서 의무병 2명이 내리더니,

—파앗!

—팟!

섬광탄을 연달아 던졌다.

2발이 연달아 적중!

하지만 아직 눈이 멀지 않은 하늘군주 2마리가 더 있었다.

스텔스 전투기들이 일제히 달려들어, 그 나머지 2마리를 모두 제거해 버렸다.

쐐기충들의 반격에 전투기도 2기나 격추됐지만 말이다.

"와아아아아아!!"

"오오오오!!"

"오 마이 갓!"

비명이 터져 나왔다.

그 복잡한 컨트롤을 그야말로 전광석화로 해냈기 때문이었다.

하늘군주들이 죽거나 눈이 멀자, 더 이상 스텔스 모드로 숨은 전투기들을 식별할 수 없었다.

당황한 안드레이는 쐐기충들을 도망치게 했다.

이신의 편대가 뒤쫓아서 1마리 1마리 사살했다.

—해냈습니다! 저걸 해냈어요!

—손이 몇 개가 달려 있어야 저런 걸 펼칠 수 있는 건가요? 방금 전투기들이 계속 움직이고 있는 중에 항공수송선에서 의무병을 내려서 섬광탄을 쏘고… 와!! 정말 사람 맞나요?!

—계속 뒤쫓습니다. 피 같은 쐐기충들이 계속 죽습니다!

—그러면서 지상군도 움직여요!

그랬다.

대치 상태에 있었던 지상군 쪽도 전투가 시작되었다.

안드레이가 당황하여 심리적으로 흔들린 순간을 귀신같이 노리고 달려든 것이다!

한순간에 달려든 보병들이 총을 난사했다.

가까이 접근해 포격모드로 변신한 기동포탑이 불기둥을 뿜었다.

기습적으로 벌어진 전투.

쐐기충들과 폭탄충들을 피신시키느라 정신없었던 안드레이는 그제야 황급히 지상군도 후퇴시켰다.

이신도 계속 움직였다.

항공수송선에 에너지를 소모하지 않은 다른 의무병 4기와 기동포탑 1기를 태웠다.

그리고 스텔스 전투기 편대와 합류하여서 안드레이의 본진으로 향했다.

안드레이는 쐐기충을 절반 이상 잃은 상태였다.

대신 폭탄충들을 넓게 펼쳐 놓아서 침투하지 못하도록 단단히 대비를 하고 있었다.

하지만, 이신은 늘 그랬듯 없는 빈틈을 만들어내기 시작했다.

―스르륵―

스텔스 모드로 모습을 감춘 채, 전투기들이 접근했다.

하늘군주의 시야 범위를 넘나들며 폭탄충 2마리를 격추.

유려하게 터닝 샷이 펼쳐질 때마다 경기장이 탄성으로 채워졌다.

그렇게 전투기들이 춤을 추며 시선을 끌고 있는 사이, 항공수송선은 멀찍이 우회하여서 본진에 침투했다.

재빨리 기동포탑을 내려놓고 다시 도망치는 항공수송선.

기동포탑은 포격모드를 하고, 자원을 채집하던 일벌레들을 향해 포격을 날렸다.

―퍼어엉!

―키엑! 켁!

―키에엑!

일벌레 셋이 한 번에 사살됐다.

바퀴 여러 마리가 달려들었다.

그러자 물러났던 항공수송선이 다시 나타났다.

포격모드를 푼 기동포탑을 다시 태운 뒤에 달아났다.

항공수송선을 격추시키려고 폭탄충들이 몰려들었으나,

"우와아아아!"

"와아아!"

폭탄충들이 근접한 순간, 재빨리 방향을 지그재그로 꺾으며 따돌리는 항공수송선의 무빙!

그러는 동안 스텔스 전투기들이 나타나 도리어 폭탄충들을 사살했다.

―정말 손 빠릅니다! 서커스 공연을 보는 것처럼 눈을 뗄 수가 없어요!

―치고 빠지는 솜씨가 예술이죠!

그러는 동안 지상군은 계속 진격했고,

그러는 동안 꾸준히 병력을 생산해 합류시키고,

그러는 동안 확장 기지를 추가로 건설했다.

신들린 경기력!

수많은 일을 동시에 수행하면서도 컨트롤의 실수는 한 번도 없었다.

스텔스 전투기와 항공수송선이 계속해서 안드레이를 괴롭혔다.

가끔은 전투기들이 난입해서 일벌레를 사살했고,

거기에 신경이 쏠릴라 치면 다른 방면에서 항공수송선이 내려놓은 기동포탑이 원거리 포격으로 괴롭히고 물러난다.

그러는 동안 이신의 지상군은 마침내 안드레이의 앞마당 앞에 당도했다.

다시금 이신이 바쁘게 움직였다.

안드레이의 앞마당 앞에서 무력시위를 하는 이신의 지상군.

그 병력의 일부를 항공수송선에 태워서 본진으로 실어 날랐다.

기동포탑도 실어 날라서 앞마당과 본진을 동시에 타격하기 시작했다.

그러는 동안 스텔스 전투기 편대도 더 깊숙이 침투하여서 교란 작전을 벌이거나, 쫓아오는 폭탄충을 터닝 샷으로 격추시키며 에어쇼를 벌였다.

이 모든 것이 짧은 시간 내에 물 흐르듯이 펼쳐진 일이었다.

인간 같지 않은 멀티태스킹과 테크닉으로 몰아붙여서 눈 깜짝할 사이에 안드레이를 궁지로 몰아넣은 것이다.

안드레이는 잠시 멍하니 자신의 모니터 화면을 바라보았다.

탈탈 털린 끝에 넋이 나간 듯이 표정이었다.

이내 그는 고개를 휘휘 젓더니 막막한 한숨과 함께 GG를 선언했다.

—정말 미쳤습니다! 사람이 할 수 있는 플레이가 아니었습니다.

—공중전 중에 섬광탄을 쓴 것도 기가 막힌데, 전투기와 항공 수송선에 태운 기동포탑이 각기 따로 놀면서 상대를 괴롭힌 플레이는 말이 안 나왔습니다.

—저렇게 할 수 있으면, 당연히 괴물이 인류를 못 이기죠! 인류가 저런 플레이를 하는데 어떤 괴물 플레이어가 당해낼 수 있을까요?

—이신 선수가 안드레이 선수에게 난제를 던졌습니다. 나 이런 플레이 할 건데 막을 수 있겠냐고 말이죠! 안드레이 선수는 지금 답이 안 나올 겁니다. 뾰족한 대책이 없으니까 표정이 저렇게 안 좋은 겁니다.

—그렇죠. 3세트도 치러야 하는데요!

답답한 심정을 느끼는 것은 경기장에서 구경하던 박영호도 마찬가지였다.

'씨발 저걸 어떻게 이겨?'

같은 괴물 플레이어로서 안드레이가 지금쯤 느끼고 있을 막막한 심정을 공유하고 있었다.

'그보다 컨트롤이 미쳤잖아? 대체 무슨 일이 일어난 거지? 나랑 연습했을 때만 해도 저렇게까지 미친 수준은 아니었는데……'

당연하지만 쉬운 플레이가 아니었다.

극도의 컨트롤 실력은 물론, 멀티태스킹까지 혹사시키는 플레이였다.

대형화면에 비춰지는 이신은 역시나 지친 표정.

쉽지 않은 플레이를 한 탓에 진이 빠져 버린 것이다.

아슬아슬한 플레이를 연속으로 펼친 탓에 시종일관 긴장감을 갖고 있어야 했던 탓이었다.

'지금까지 나랑 연습할 때는 봐준 거였다고? 그건 말이 안 되는데.'

박영호는 알 수가 없었다.

갑자기 이신의 실력이 급상승한 것 같았다.

아니, 방금 모습은 흡사……

'옛날의 전성기 때 같잖아?'

아무렇지 않은 얼굴로 사람이 흉내 낼 수도, 막을 수도 없는 플레이를 펼치던 그때 그 시절의 이신.

그나마 저 지친 표정은 옛날과 달리 인간적이었지만 말이다.

'대체 무슨 일이 있었던 거지? 저 인간 도핑한 거 아냐?'

박영호는 겁이 나기 시작했다.

저런 작자와 결승전에서 붙어야 했다.

                    *   *   *

[이신 '돌아온 차르' 안드레이 상대로 3—0 완승]

[이신 압승 '상대가 없었다']

[마이클 조셉 꺾은 안드레이도 당해낼 수 없었다]

[이신 4강 진출, 금메달 목전]
[이신의 플레이에 해외 중계진도 격찬 "신의 솜씨"]

이신은 결국 3—0으로 안드레이 이바노프를 꺾었다.

4년 전의 스토리를 언급하며 치열한 혈전이 될 것이라고 기대했지만, 막상 뚜껑을 열고 보니 예상이 크게 어긋났다.

이신의 압승!

우승 후보로 손꼽혔던 마이클 조셉조차 격파하고 올라올 정도로 무서운 실력을 자랑하던 안드레이였으나, 이신의 상대가 되지 못했다.

안드레이가 못했다는 지적은 많이 나오지 않았다.

불가항력.

인간의 힘으로는 막아낼 도리가 없는 환상의 플레이였다.

결국 8강에서 자신의 그랑프리 일정을 마무리하게 된 안드레이는 인터뷰를 통해 자신의 심경을 밝혔다.

"왜 이번에는 해볼만 하다고 생각했을까요. 아직도 어떻게 이겨야 할지 모르겠습니다. 그렇게 컨트롤을 하는 인류를 말이죠."

안드레이는 한숨을 쉬며 말을 이었다.

"하지만 제 프로게이머 인생은 아직 끝나지 않았습니다. 더 노력해서 다음에 내년에 다시 도전하겠습니다. 응원해 주신 팬 여러분들께 감사드리고 죄송합니다."

그렇게 안드레이는 자신의 그랑프리 여정을 마무리 지었다.

결국 8강에서 멈추긴 했지만, 그는 전 세계 e스포츠팬들에게 강렬한 인상을 남겼다.

북미 최강의 마이클 조셉을 꺾은 실력으로 말이다.

덕분에 미국에서 그에게 러브콜을 보내는 팀들이 늘어나 안드레이의 선수 생활은 청신호가 켜졌다.

＊　　　　＊　　　　＊

이신의 경기는 한국의 모든 e스포츠팬이 가장 중요시 여기는 이벤트였다.

한국을 대표하는 프로게이머.

달리 국민 프로게이머라 불리는 이신이었다.

세계 e스포츠의 중심에서 활약을 떨치며 추앙을 받는 이신을 볼 때마다 카타르시스를 느꼈다.

IT미디어그룹 올도어가 e스포츠 사업에 진출해서 큰 성공을 거둘 수 있었던 것도 이신을 전면에 내세웠기 때문.

e스포츠에 대해 아주 밝은 지수민 부사장이 진두지휘한 덕분도 있지만, 역시나 대중적으로 사랑받는 콘텐츠를 제조하는 이신의 공이 무엇보다도 컸다.

심지어 이신 덕에 중국 진출까지 하면서 사업이 확장되었고 말이다.

당연하게도 지수민은 그런 이신이 월드 SC 그랑프리에서 활약하는 핫한 콘텐츠를 그냥 흘려보낼 생각이 전혀 없었다.

월드 SC 그랑프리의 모든 경기는 인터넷을 통해 무료로 송출되고 있었다.

각국의 협회에서 그것을 자국의 해설진을 붙여서 팬들에게 보여주는 형태였다.

파프리카TV의 BJ들이 개인방송을 통해 중계하는 것은 월드 SC 협회가 전 세계에 무료로 개방한 실시간 경기 영상이었다.

그렇듯 수많은 형태로 누구나 자유롭게 중계하는 이신의 그랑프리 경기를 유료 콘텐츠 상품으로 만들기란 쉽지 않았다.

하지만 지수민은 이미 그런 일을 해본 경험이 있었다.

아주 짭짤한 재미도 본 적이 있고 말이다.

지수민은 프로리그 일정이 없어 여유를 만끽하고 있는 프로게이머가 많다는 점을 이용했다.

인기 좋은 스타 프로게이머 3인을 초빙하여서 이신의 경기에 코멘트를 덧붙인 유료 콘텐츠를 만들 생각이었다.

초빙된 프로게이머들도 해설료를 받을 수 있으니 기꺼이 응했다.

그렇게 초빙된 3인을 바로,

"안녕하세요, 올도어SCC의 감독 최환열입니다."

한국 e스포츠의 레전드 최환열.

"황병철입니다."

이단자라 불렸던 과거 이신의 숙적 황병철.

그리고…….

"주디예요."

이신이 떠난 현재, 한국 최고의 스타로 자리매김한 주디였다.

물론 실력이 아닌 다른 이유로 최고의 인기 스타가 된 것이지만 말이다.

　"역시나 엄청난 활약을 펼치면서 4강에 진출했네요. 걔가 진짜 대단하긴 해요."

　최환열이 말문을 열었다.

　"뭐, 그렇죠."

　황병철은 가볍게 대꾸했다.

　"응? 왜 이렇게 목소리에 영혼이 없냐? 이신이 활약하는 게 아니꼽거나 그런 거야?"

　최환열의 장난스러운 추궁에 황병철은 쿨하게 대답했다.

　"예."

　"…예, 그렇다고 합니다. 정말 솔직한 아이죠."

　"그런 칭찬 많이 듣습니다."

　꿋꿋이 이신에 대한 반감을 숨기지 않는 황병철이었다.

　"주디는? 신이가 이번 그랑프리에서 어떤 성적을 거둘 것 같아?"

　"금메달이요."

　주디는 한 치의 망설임도 없이 곧장 대답했다.

　"박영호나 신지호 같은 강자가 아직 남아 있는데?"

　"잘하긴 하는데 선생님의 상대는 아니에요."

　"그럼 옆에 있는 이 인상 험한 오빠는?"

　최환열은 황병철을 가리키며 물었다.

　"그, 그게……."

주디는 눈을 동그랗게 뜬 채 뭐라고 말해야 할지 몰라 당황했다. 하지만 황병철의 눈치를 살피는 걸로 보아 어떤 대답이 하고 싶은지는 확실했다.

"예, 대답은 들은 걸로 하겠습니다. 사실 뭐 상대 전적이 말해 주잖아요?"

황병철은 부글부글 끓는 표정이 되었다.

그렇게 이신의 8강전 경기가 시작되었다.

한 치의 빈틈도 없이 완벽했던 1세트를 지나, 화려한 기교가 넘쳤던 2세트에서 그들은 흥분했다.

"지금 항공수송선과 전투기들이 각기 따로 노는 거 보여? 어떻게 동시에 움직이는 거지?!"

최환열이 경악하여 소리쳤다.

"가장 가까이 있었던 사람이 물어보면 어떡해요?"

황병철의 핀잔.

그러자 이신과 가장 가까이 있었던 사람이 조심스럽게 입을 열었다.

"저거, 행동을 미리 지정해 놓는 거예요."

"미리 지정해 놓는다고?"

"네, 잘 보면 전투기들은 공격은 안 하고 그냥 좌우로 움직이기만 하잖아요. 저거 미리 지정해 놓은 거예요. 그사이에 항공수송선만 컨트롤하고요."

"그런 식으로 할 수가 있나?"

최환열은 신기하다는 듯이 영상을 바라보았다.

전투기들이 쐐기충들과 아슬아슬한 거리에서 대치한 채 좌우로 움직여 도발한다.

직접 컨트롤하는 것처럼 움직임이 살아 있는데, 저게 미리 지정해 놓은 행동이라니.

신기한 것은 항공수송선의 움직임도 마찬가지였다.

항공수송선이 기동포탑을 내려놓고 곧장 방향을 꺾어 사라진다.

그런데 방향을 꺾어 사라지는 것과 기동포탑이 포격모드로 변신하는 것이 동시에 일어났다.

"저것도 미리 지정한 거고?"

"네. 항공수송선을 저기서 방향 꺾어서 떠나도록 지정했을 거예요."

그런 요령이 단련되었기에 저렇게 인간 같지 않은 스피드로 공격을 퍼부을 수 있었던 것이리라.

어찌 되었던 전투기들과 항공수송선의 드롭 공격이 동시에 진행되는 이신의 멀티태스킹 플레이는 가공할 수준이었다.

"안드레이가 완전히 잘못했죠."

황병철이 지적했다.

"뭐가?"

"적극적으로 공격해서 이신이 수비를 하게 만들었어야죠. 그렇지 않으면 공중전에서 이신을 이길 수가 없어요. 전투기가 어디서 튀어나오다 어디로 사라질지 정신이 하나도 없어져서 놓치게 되고, 저렇게 휘둘리다가 게임 끝나요."

"하지만 일반적으로는 저렇게 피해를 최소화하며 버티고 확장하면 이기는 거잖아?"

"그건 일반적인 인류 플레이어를 상대할 때의 이야기고요."

누구보다도 이신과 많이 싸워봤고, 이기고 싶어 했던 황병철이었다.

그렇기에 이신이 안드레이를 상대로 보여준 플레이가 얼마나 대단한지도 알 수 있었다.

"예전의 스타일을 완전히 되찾은 것 같아요."

"예전의?"

"솔직히 1년 만에 복귀했을 땐, 여전히 잘하긴 했지만 예전처럼 무섭지는 않았어요, 잘하면 이길 수도 있다는 희망? 그런 게 보였어요."

황병철의 말이 이어졌다.

"근데 지금은 예전 모습을 찾은 것 같네요. 막고 싶어도 막을 수가 없는 섬뜩한 플레이요."

"확실히 좀 달라진 것 같긴 해. 뭐랄까, 얼마 전까지는 그냥 평범하게 잘했다고 할까? 아무도 흉내 못 낼 정도는 아니었거든."

"실력이 감퇴했던 거죠. 3종족 모두 플레이하거나 컨트롤 기교 같은 화려한 것 때문에 다들 간과하지 못하는 거지만, 예전부터 상대했던 저로서는 확실히 알 수 있었죠."

"지금은?"

"…방금 모습은 예전의 이신을 보는 것 같았어요."

황병철이 계속 말했다.

"어떤 계기가 있었는지는 몰라도, 예전 실력을 완전히 되찾은 것 같아요. 이제 이신은 신족이나 괴물을 플레이하지 않을 거예요."

"왜요?"

주디가 물었다.

황병철은 단언했다.

"그럴 필요가 없으니까."

*　　　　*　　　　*

이신의 8강전을 본 뒤로 박영호는 내내 기분이 좋지 않았다.

내기에 져서 10만 원을 줬기 때문이 아니었다.

섬뜩하기 이를 데 없는 이신의 본 실력을 보았기 때문이었다.

3세트도 1세트와 똑같은 전략을 썼다.

안드레이는 알면서도 똑같이 못 막았다.

'그걸 어떻게 막아야 하지?'

SC스타즈의 전략연구팀에 물어보았다.

그들도 아직 모르겠다고 했다.

연구를 하고 있긴 한데, 그들도 하나같이 난색을 띠고 있었다.

"예전에 아무리 연구해도 카이저를 이길 수가 없었는데, 딱 그때를 떠올리게 하는군요."

왕춘 감독이 한 말에 박영호는 막막함을 느꼈다.

그래도 이제 상당히 근접했다고 생각했는데…….

연습하면 5할 이상의 승률도 보였기에 더욱 자신감이 붙었던 박영호였다.

그런데 그렇게 희망을 주고서는 이제 와서 신의 영역을 보여 주었다.

'초반 전략이라도 써야 하나?'

하지만 박영호는 이내 고개를 저었다.

다들 그렇게 이신에게 초반 도박수를 시도했다가 건설로봇의 신들린 블로킹에 막혀 맥없이 쓰러졌다.

그래서는 안 된다.

그런 도박수는 이길 자신이 없을 때나 남발하는 것이다.

'꼭 이긴다!'

박영호는 연습에 매달려야 했다.

연습하려면 이신의 스타일을 흉내낼 수 있는 연습 상대가 필요했다.

누가 감히 그런 플레이를 흉내라도 낼 수 있을까?

박영호는 한 사람을 찾았다.

왕춘 감독에게 부탁해서 접촉했고, 상대도 흥미가 동했는지 쾌히 승낙해서 5판 3선승제로 연습 게임을 몇 번 해주기로 했다.

그 연습 상대는 바로,

—M.J: gogogo.

마이클 조셉이었다.

그나마 가장 이신에 가깝게 플레이할 수 있는 피지컬과 컨트롤 능력을 지닌 사람은 마이클 조셉밖에 없었다.

*　　　　　*　　　　　*

—선생님! 경기 너무 잘 봤어요.

주디의 활기찬 목소리가 이신을 기분 좋게 했다.

"코멘터리 작업은 잘했어?"

—네, 재미있었어요. 결승전 경기 영상은 저랑 차이랑 존이 참여하기로 했어요. 아예 제자들로 구성된 코멘터리도 재미있겠대요.

"괜찮겠네."

—헤헤, 그죠? 어서 뉴욕 가서 선생님 보고 싶어요. 결승전 날짜에 맞춰서 휴가 가기로 했으니까 꼭 결승 진출하셔야 해요.

"걱정 마."

주디는 쉴 새 없이 재잘재잘 떠들었다.

별다른 대꾸 없이도 혼자 신나서 잡담을 늘어놓는 주디는 이신의 최적의 대화 상대였다.

그러다가 문득 주디가 말했다.

—아참, 근데 박영호 선수가 요즘 마이클 조셉과 온라인 대전을 한 기록이 있었데요.

"마이클 조셉하고?"

—네. 마이클 조셉이 연습을 도와주는 모양인데, 조심하세요!

이신은 자신 때문에 잔뜩 자극을 받았을 박영호를 떠올리며
피식 웃었다.

"그거 재미있겠네."

아무런 걱정도 되지 않았다.

이상하게도 단 한 세트도 질 것 같지 않다는 예감이 들었다.

어디서 기인하는 자신감인지는 모른다.

하지만 확신했다.

자신은 지금 최고조라고.

제4장

의혹

"아, 대체 누구지?"

안구현은 진땀을 흘리며 게임을 플레이했다.

상황은 처참했다.

고속전차가 계속 침투하면서 신족의 생산 유닛인 신도들을 사냥했다.

항공수송선을 타고 안으로 침투하는가 하면, 지상으로도 기습적으로 쳐들어오기도 했다.

새로 지어진 확장 기지로 신도들을 보낼 땐, 그 타이밍을 기가막히게 읽고는 고속전차들이 길목에서 기다렸다가 닥치는 대로 사냥했다.

그렇게 견제 플레이를 계속 받다가, 안구현은 도저히 이길 수 없을 지경까지 불리해졌다.

한 번 싸워보지도 못하고 생긴 결과였다.

더군다나 이 같은 패배가 이걸로 5판째.

안구현은 JKT 소속의 프로게이머였다.

중학생 때 온라인 연습생으로 JKT에 입문했고, 준프로 자격증을 획득하고서 정식으로 2군 선수로 계약을 했다.

2군 선수 중에서도 가장 두각을 드러내고 있는 안구현은 최근 팀 내 랭킹전에서도 전체 톱 5위 안에 드는 쾌거를 거두었다.

덕분에 하반기 프로리그가 시작되면 정식 경기에 출전시켜 주겠다는 약속도 받았다.

박영호가 팀을 떠난 지금, JKT의 주전이 될 수 있는 절호의 기회였다.

그렇게 잘나가는 상황이었으므로, 안구현은 스스로의 실력에 자신이 있었다.

그런데 온라인에서 만난 유저에게 이런 결과를 당한 것이다.

그것도 가장 자신 있었던 인류를 상대로 말이다.

"어디의 프로 선수겠지?"

안구현은 그렇게 스스로 자위했다.

이 정도면 웬만한 팀의 에이스급이었다.

문제는…….

"그럼 내가 모를 리가 없잖아!"

그랬다.

한국 e스포츠계는 좁은 동네였다.

프로게이머들은 다 한 다리 건너면 아는 사이였다.

이만한 솜씨를 가진 인류 플레이어를 안구현이 모를 리 없었다.

"신지호 선배님은 아니고, 차이? 아냐, 견제 위주의 빠른 스타일을 보면 존 같기도 한데."

빌드 오더는 구닥다리였다.

자원 확보 측면에서 최대한 유리하게 가져가는 트렌드와 전혀 거리가 먼 예전 빌드 오더만 썼다.

그렇게 불리하게 시작했음에도 불구하고, 견제 플레이로 안구현을 괴롭히며 점차 격차를 좁혔다.

그리고 계속 시달리다 보면 어느 새 안구현은 완패 지경에 처해져 있다.

—And: 프로 맞으시죠? 정말 잘하시네요.

안구현은 궁금증을 참을 수 없어서 물어보았다.

하지만 상대는 답이 없었다.

—And: 선수이신지 그것만 알려주시면 안 돼요?

여전히 상대는 답이 없다.

다만,

—Kaiser2017: *re?*

또 한 게임 하겠냐는 질문만 한다. 마치 기계처럼 과묵한 사람이었다.

"혹시 이신 선수는 아니겠지?"

스타일을 보면 영락없이 예전 이신이었다.

하지만 이신이 정체를 감추고 싶었다면 닉네임을 저 따위로 만들지도 않았을 게 아닌가.

'설마……'

안구현은 절대로 생각하고 싶지 않았던 가정을 떠올렸다.

"이신 흉내를 내는 아마추어?"

아마추어에게 졌다는 사실만큼은 받아들이기 어려웠다.

'어쩌면 외국의 유명한 프로게이머가 한국 서버에 놀러온 걸 수도 있지.'

아무튼 안구현은 Kaiser2017라는 웃기는 닉네임을 쓰는 유저를 상대로 다음 판을 더 진행했다.

그리고 또 졌다.

그런데 그 같은 일이 안구현에게만 벌어진 게 아니었다.

같은 닉네임을 쓰는 유저에게 프로게이머가 졌다는 이야기가 여기저기서 들려왔다.

"굉장히 잘하는 온라인 고수가 있다더라."

"수준이 웬만한 팀 에이스급이라던데?"

"이신의 서브 아이디라는 소문도 있던데."

"에이, 무슨 이신이 서브 아이디를 저렇게 대놓고 짓겠어?"

"그래도 스타일이 너무 이신 같잖아."

"프로들도 흉내 내고 싶어도 저렇게까지 잘하지는 못해."

온라인 고수에 대한 소문은 곧 한국 e스포츠 관계자들 사이에서 화젯거리가 되었다.

팀들은 저마다 Kaiser2017에게 쪽지를 보내 영입 제의를 했지만, 답장을 받은 팀은 없었다.

그리고 정체를 밝히려는 노력도 많이 했다.

아예 정체를 밝히는 것을 방송 콘텐츠로 삼은 BJ도 있었다.

대표적으로는,

"예, 제가 알아보겠습니다. 정말 이신이라면 제가 모를 리가 없죠. 아무렴요."

바로 최환열.

올도어SCC의 감독으로 취임한 뒤에도 틈나는 대로 BJ로 활동하던 최환열이 Kaiser2017을 방송 소재로 삼았다.

"그럼 일단 온라인에서 Kaiser2017을 찾기에 앞서서……."

최환열은 스마트폰을 꺼냈다.

"이신한테 전화해 보면 되겠죠. 쉬운 방법이 있는데 뭘 또 돌아가겠어요."

시청자 채팅창은 웃음이 넘쳐났다.

하지만 전화를 걸어도 이신은 받지 않았다.

—응, 수신 거절.

—차단 각.

—ㅋㅋㅋㅋㅋㅋ

시청자들의 비아냥에 최환열은 벌컥 화를 냈다.

"어허, 이 사람들. 제가 무려 이신의 스승 같은 사람입니다. 설마 제가 전화를 걸었는데 거절했을 리가 없잖아요."

최환열은 다시 통화를 시도했다. 하지만 이번에는 아예,

—전원이 꺼져 있어……

"아……."

망연자실한 최환열.

아까는 그냥 안 받았는데 지금은 아예 전원이 꺼져 있었다.

—ㅋㅋㅋㅋㅋㅋㅋㅋ

—전원 껐다.

—귀찮아서 껐음ㅋㅋㅋㅋ

—전화 걸지 말라는 뜻임ㅋㅋㅋ

—이번에는 변명의 여지가 없다.

—환열이 형ㅠㅠ

—신에게 무시당한 자.

"이, 이게 말이죠. 걔가 핸드폰 충전을 안 해놓은 거예요. 배터리 간당간당하니까 전화를 못 받았고, 결국 전원이 나간 가지. 인정?"

최환열은 급히 수습에 나섰지만 시청자들은 그저 신난다고 놀려댈 뿐이었다.

그때였다.

"어? 있네요. Kaiser2017을 발견했습니다. 지금 대전 신청을 해 볼게요."

최환열은 온라인에서 타깃을 발견하여 즉시 메시지를 보냈다.

―Kaiser2017: ok.

상대는 쾌히 승낙했다.

그렇게 게임이 시작되었고, 최환열은 그야말로 신나게 털렸다.

애당초 은퇴한 지 오래된 최환열이 당해낼 수 있는 상대가 아니었다.

현역 선수들도 도전했다가 져서 화제가 된 온라인 고수 아닌가.

그렇게 내리 5판을 하는 동안 최환열은 수시로 말을 건넸다.

하지만 상대는 아무런 대답이 없었다.

과묵하게 게임만 할 뿐이었다.

"아, 정말 힘드네요. 진짜 잘합니다."

잇단 패배로 녹초가 된 최환열.

하지만 콘텐츠는 지금부터였다.

최환열은 리플레이 파일을 재생하며 낱낱이 분석하기 시작했다.

"아쉽네요. 업데이트 전이었으면 상대방의 시점에서 볼 수 있었을 텐데."

Kaiser2017은 대전 신청은 곧잘 받아들이지만, 제 3자의 관전은 철저히 거절하는 것으로 유명했다.

제 3자의 관전자는 양측 모두의 시야를 볼 수 있으므로 리플레이 파일에 플레이가 낱낱이 노출되기 때문이었다.

그 탓에 Kaiser2017의 정체를 밝히는 일은 다소 차질이 있었다.

하지만 최환열은 프로 팀 감독답게 철두철미하게 분석을 시작했다.

"제가 치즈러시도 해보고 별걸 다 시도해 보면서 상대의 반응을 지켜봤습니다. 제가 옛날에 이신하고 한솥밥 먹으면서 연습많이 했잖습니까. 그때랑 똑같은 수법을 많이 걸어보았거든요."

최환열은 화면을 유심히 지켜보며 말을 이었다.

"진짜 똑같네요."

최환열은 리플레이 영상의 한 부분을 다시 보여주었다.

일찍 뽑은 고속전차로 기습을 가했을 때였다.

앞마당에서 일하던 건설로봇 중 6기가 그야말로 반사적으로 튀어나와 본진으로 들어가지 못하게 출입구를 블로킹했다.

"저 반응 속도 보이시죠? 거의 조건반사처럼 출입구 막잖아요."

―와 ㅆㅂ 인간이냐 저게?

―저거 이신 100%임.

—신 아니면 어떻게 저런 반응 속도를 보임?

—신의 블로킹이 맞음.

—검거 완료.

"신기하죠? 앞마당에서 일하던 건설로봇들 중에서 딱 6기만 움직여서 블로킹했잖아요. 그 짧은 순간에 6기만 선택해서 출입구로 움직이게 했다? 이건 말이 안 되거든요."

최환열이 조목조목 지적했다.

"저게 저만 알고 있는 이신의 노하우가 있어요. 아, 이걸 그냥 가르쳐드리기가 좀 그러네."

—별사탕 쏴달란다.

—큰손들 뭐하냐? 별 달란다.

—별 충전ㅋㅋㅋ

—유도 보소.

별사탕이 수없이 터지자 그제야 최환열이 입을 열었다.

"이신은 초반에 앞마당 건설로봇 일정 숫자를 부대 지정해 놓습니다. 이런 때 곧바로 반응할 수 있도록. 상대 종족이나 상황에 따라서 몇 기를 부대 지정해 놓느냐가 달라져요."

최환열은 웃으며 말을 이었다.

"근데 제가 알고 있는 그 상황별 부대 지정 숫자 공식이랑 완전히 똑같네요. 저거 100% 이신 맞습니다."

―오, 역시!

―검거 완료.

―명탐정 환열ㅋㅋ

―프로 팀 감독 위엄 보소.

―이신 맞구나.

―ㅋㅋㅋㅋㅋㅋ

―뻔히 온라인에 있으면서 전화 거절ㅋㅋㅋ

"자, 정체를 밝혔으니까 다시 한 번 전화를 걸어볼게요."

최환열은 다시금 이신과의 전화 연결을 시도했다.

그리고 성공했다.

―여보세요?

이신의 목소리가 울려 퍼지자 시청자의 반응도 뜨거워졌다.

"어, 나다. 지금 방송 중이야."

최환열은 일단 개인방송 중임을 먼저 밝혔다.

―근데?

귀찮음이 역력한 이신의 목소리.

"아까 전화했는데 안 받더라? 또 전화해 보니까 아예 전원이 꺼져 있고. 그거 배터리가 다 돼서 그런 거지?"

―아니, 연습 중이라 귀찮아서 껐어.

"……."

최환열은 할 말을 잃었다.

귀찮아서 통화를 거부했다는 이야기를 대놓고 밝히는 이신.

'원래 이런 자식이었지.'

그래도 시청자들이 깔깔거리며 좋아하니 최환열은 잠자코 넘어가기로 했다.

"근데 넌 무슨 서브 아이디 닉네임을 그렇게 대충 지어?"

—서브 아이디?

"뭘 모른 체 해? Kaiser2017 말이야. 너인 거 다 알거든?"

—……

이신은 잠시 대답을 못했다.

"얘가 정체 들통 나서 할 말이 없어졌네."

—카이저2017이라고? 그거 카이저가 영문으로 된 거 맞아?

"그래, 방금 나랑 대전도 했잖아., 그만 좀 잡아떼라. 내가 너인 거 뻔히 아는데."

이신이 말했다.

—그거 나 아냐.

"에이, 거짓말 말고. 정체 숨길 생각도 없던데. 닉네임도 플레이 스타일도 완전히 대놓고 했으면서."

—아무튼 나 아냐.

이신은 단호하게 답했다.

그제야 최환열도 뭔가 이상하다는 생각이 들었다.

생각해 보니 이신이 굳이 정체를 숨길 이유가 없었다,

비밀리 연습이 필요했다면 제자들이나 팀 동료에게 부탁하면 그만 아닌가.

"그럼 누구지? 그거 완전히 너던데."

—······.

"너 뭔가 알지? 아까 반응 보니까 뭔가 알고 있는 눈치던데. 응?"

—······.

"빨리 나한테만 살짝 말해봐. 공개적으로 밝히기 곤란하면 방송 끝나고 귀띔해줘."

그 말에 시청자들이 원성을 쏟아내기 시작했다.

곧이어 이신의 말이 떨어졌다.

—누군지는 아는데 말은 못해.

"뭐?"

—끊어. 다시 연습할 거니까.

그러면서 이신은 일방적으로 통화를 종료했다.

다음날, 인터넷 뉴스에 이 일에 대한 기사가 떴다.

[정체불명의 온라인 고수, 정체는 이신?]

[이신 뺨치는 온라인 고수의 정체는? 이신 "알지만 말 못해" 의혹 증폭]

Kaiser2017의 정체에 대한 궁금증이 최환열의 개인방송을 계기로 증폭되었다.

이신 탓에 전 세계에 이 이야기가 알려져서 Kaiser2017은 e스포츠계 전체의 수수께끼로 떠올랐다.

코렛 사장이 비밀리 진행하는 프로젝트가 성공적으로 진행되고 있다는 뜻이었다.

*   *   *

Kaiser2017은 북미 서버에서 첫 출현, 유럽과 한국 등 각국 서버에도 잇달아 출현해 프로 팀 관계자들을 놀라게 했다.

프로게이머들조차 좀처럼 당해낼 수 없는 신비의 온라인 고수에 대한 소문이 서서히 높아지자, 전문가들이 하나씩 소견을 냈다.

이신의 서브 아이디라는 추측이 유력했다.

이신이 복귀하기 전부터 썼던 아이디 Player_SIN도 정체가 밝혀지기 전까지 이와 비슷하게 말이 많았기 때문이다.

하물며 플레이 스타일도 동일하다.

정밀하게 분석한 저명한 전략팀 소속 전문가도 하나같이 동일한 결론을 내렸다.

"이신이 아닐 수가 없다."

"한 사람의 플레이를 저렇게까지 동일하게 복제할 수는 없다."

"사소한 습관과 극히 드문 빈도로 저지르는 실수도 카이저와 동일하다. 본인이 아니고서야 이럴 수는 없다."

"특이하게도 현재의 카이저가 아니라, 닉네임처럼 2017년의 카이저를 쏙 빼다 박았다. 하지만 다른 사람이라고는 생각하기 힘들다. 카이저가 과거를 추억하는 플레이를 즐기고 있는 듯."

이 같은 소견에도 불구하고 이신의 반응은 한결같았다.

"저 아닙니다. 바쁘니까 귀찮게 하지 마십시오."

그랑프리 개인전 준비로 바쁜데 그렇게 한가하겠냐는 투였다.

입 아프게 같은 말 반복하지 않겠다는 이신의 분명한 태도.

하지만 그 탓에 수수께끼만 더욱 증폭되었다.

정말로 이신이 아니라면, 저 정체불명의 온라인 고수를 반드시 잡아야 했기 때문.

'금메달도 노릴 수 있는 실력.'

'프로가 대부분인 S등급 랭커들과 대전을 수없이 벌였는데 승률이 9할 아래로 안 내려온다!'

'정말 카이저가 아닌데 저런 플레이를 할 수 있다고? 그런 인간이 지구상에 또 하나 있다면 반드시 잡아야 하는 거잖아!'

당연하게도 Kaiser2017에게 러브콜을 보내는 팀들이 전 세계에 넘쳐났다.

이신을 보유한 SC스타즈도 마찬가지였다.

"정말 저 아닙니다."

왕춘 감독과의 면담에서 이신이 밝혔다.

"믿겠습니다. 그럼 그 유저의 정체에 대해 아시는 바가 있다면 알려주시겠습니까? 혹시 제자인 존?"

이신이 빤히 바라보자 왕춘 감독은 너털웃음을 지었다.

"실례했습니다. 하지만 어쩔 수 없잖습니까. 그런 플레이가 가능한 사람이 당신 말고 또 존재하는데요."

그 점에 대해서는 이신도 납득했다.

이신 본인도 Kaiser2017과 겨뤄보았으니까.

'상상을 초월했지.'

본인인 이신조차도 예전의 자신이 그 정도였을 줄을 몰랐다.

"누군지 밝힐 수는 없습니다. 다만 두 가지는 확실히 말씀드릴 수 있죠."

"경청하겠습니다."

"하나는 제 서브 아이디가 아니라는 것. 또 하나는 영입 가능한 상대가 아니라는 것."

그 말에 왕춘 감독은 쓴웃음을 지었다.

"알겠습니다. 그렇게 말씀하시니 깨끗이 포기하는 수밖에요."

"쉽게 수긍하시는군요?"

이신이 의아하다는 듯이 물었다.

그러자 왕춘 감독이 말했다.

"코렛 사장의 초청을 받고 SC코퍼레이션 본사를 방문하신 적이 있었지요?"

이신은 흠칫 놀랐다.

"그리고 Kaiser2017이 처음 나타난 건 북미 서버였다고 들었습니다."

단지 그 말만 남겨놓고 왕춘 감독은 자리에서 일어섰다.

'무서운 통찰력이군.'

SC코퍼레이션 본사와 연관이 있을 거라고 추측해내는 왕춘 감독에게 놀라지 않을 수가 없었다.

4강의 길은 치열했다.

이미 박영호와 이신이 4강 진출을 확정 지은 가운데, 남은 두 자리를 노리는 선수는 모두 4인.

인도 e스포츠의 영웅이자 북미 최강의 괴물 플레이어 아마드 부티아.

그 상대는 독일의 강자 미하엘 슈나이더.

그리고 또 다른 8강전은 신지호와 지우펑의 대결이었다.

올해 그랑프리에서 기필코 커리어를 장식할 메달을 획득하려 하는 신지호.

하지만 메달에 대한 열망은 지우펑도 마찬가지였다.

이신과 박영호의 합류로 지우펑의 팀 내 에이스 자리가 위협받았다.

지우펑은 그 둘에게 커리어에서 밀리지 않기 위해 메달을 따고 싶었다.

하지만 메달을 향한 지우펑의 여정은 험난했다.

돌풍의 주역인 신지호.

예선에서 아마드 부티아와 존 던을 꺾었고, 16강에서 알렉산더 스테인을 꺾는 기염을 토했다.

지독히도 꺾이지 않는 디펜스 능력의 소유자였다.

그런 신지호를 꺾고 4강에 올라가면, 무려 이신이 기다리고 있다.

'이신을 꺾어야 최소 은메달이라니.'

역시 전 세계 강자가 모이는 월드 SC 그랑프리다웠다.

신지호도 힘든 상대인데 하물며 이신이라니.

다전제 대결에서 아직까지 져본 적이 없다는 괴물과 싸워야 하는 것이다.

아직까지 다전제 불패!

물론 기록은 언젠가는 깨진다고 하지만, 그 주인공이 자신이 될 거라는 긍정적인 희망은 좀처럼 보이지 않았다.

하지만 지우펑은 약해지려는 마음은 단단히 잡았다.

'이 세상에 불가능이란 없다.'

그 불패 기록을 깬 주인공이 자신이 될 수도 있다 .

노력하면 안 되는 게 없다.

하루 10시간 연습해도 안 되면, 20시간을 하면 된다.

어린 시절, 술에 절어 살던 부친과 살며 체득한 지우펑의 신념이었다.

아버지는 술에 취할 때마다 어린 아들에게 폭력을 휘둘렀다.

그리고 깨고 나면 미안하다고 울면서 사죄했다.

술을 끊고 싶은데 그게 안 된다고.

자기 목숨보다 더 사랑한다고.

어느 날, 지우펑은 친구에게 빌린 야구 배트를 집에 숨겼다.

아버지가 술에 취한 채 돌아와 손찌검을 하자, 야구 배트를 휘둘러서 때려 눕혔다.

다음날 술에 깬 아버지에게 말했다.

이제 걱정 마세요.

아버지가 또 술에 취해서 절 때리려 해도, 이제 위험한 쪽은 제가 아니니까요.

다행이죠?

아버지 당신보다 저를 더 사랑한다고 하셨잖아요.

그때 아버지의 표정을 잊지 못한다.

그날부로 아버지는 어쩔 수 없었다던 술을 끊었으니까.

그렇게 술 없이 일주일을 지내다가 홀쩍 말도 없이 사라지셨으니까.

혼자가 되었지만 지우평은 후회하지 않았다. 이 세상에 불가능이란 없으며, 모두가 적이라는 것을 깨우쳤다.

이는 오늘날에 이룬 성공의 원동력이 되었다.

전쟁처럼 경쟁하며, 자신을 채찍질했다.

'내가 이렇게 노력했는데도 불가능이 있다면 말도 되지 않는다.'

지우평은 신지호를 넘어, 그 뒤에서 기다리는 이신에 대해 적개심을 불태웠다.

이신보다 100배, 1,000배 더 노력하겠다.

그래도 이길 수 없으면, 그건 이 세상이 잘못된 거다.

지우평은 이신과의 일전을 대비하여 연습 상대를 찾으러 한국 서버를 떠돌았다.

자신의 연습을 도와줄 최적의 상대가 있다고 들었다.

S등급 유저 목록을 훑어보다가 마침내 찾아냈다.

[Kaiser2017(S): 현재 대전 상대를 찾는 중]

지우펑은 급히 Kaiser2017에게 대전 신청을 넣었다.

ー Kaiser2017: ok.

소문의 상대는 쾌히 대전 신청에 응했다.

걸어오는 대전 신청을 거부하지 않는다는 소문대로였다.

다만 S등급의 랭커가 아니면 싸워주지 않는데, 다행히 지우펑은 한국 서버 아이디를 만들고 S등급으로 키워두었다.

'가르쳐 다오. 이신을 이기는 방법을.'

Kaiser2017에 대한 또 다른 소문.

상대가 원하면 대전을 계속 해준다.

원하는 만큼 계속.

그러다가 지친 상대가 조금 쉬자고 하면, 휴식 시간을 기다려주지 않고 다른 상대를 찾아 떠나버린다.

지우펑은 쉬는 시간 따윈 필요 없었다.

오늘 Kaiser2017을 계속 연습 상대로 붙잡고 있을 생각이었다.

'최소 30판은 해야지.'

지우펑의 두 눈은 독기로 타올랐다.

*　　　　*　　　　*

"아, 새끼 존나 잘하네."

연습을 마치고 호텔로 돌아온 박영호가 투덜거렸다.

과거 자신의 영상을 보고 있던 이신이 물었다.

"마이클 조셉?"

"알고 있네? 내 온라인 대전 기록을 봤어?"

"주디에게 들었어. 좋은 연습 상대를 잡았더군."

"다 형 아작 내고 금메달 따려고 이러는 거 아냐."

"할 수 있겠어?"

이신은 눈웃음을 지으며 도발했다.

박영호는 울컥했지만, 두려움 또한 느꼈다.

안드레이와의 일전에서 보여준 이신의 솜씨는 실로 신의 경지 그 자체였으니까.

그때 각인된 강렬한 인상이 아직도 박영호의 머릿속을 떠나지 않았다.

"내가 못할까봐?"

"더 노력해."

"……."

"넌 나를 더 재미있게 만들어줘야 해."

"……."

박영호는 멍하니 이신을 바라보았다. 상대가 보다 더 강하기를 바라는 마음.

강한 상대와 싸울수록 즐겁다니?

박영호로서는 이해할 수 없는 심리였다.

'하긴 저만큼 이겨대면 웬만한 상대는 시시해질지도.'

박영호는 씻으러 욕실로 향하다가 문득 생각난 게 있어서 뒤돌아 말했다.

"지우펑도 꽤 괜찮은 연습 상대를 찾은 것 같더라."

"누구?"

"Kaiser2017."

이신은 흠칫했다.

"그놈 누군지 형하고 똑같다며? 걔 붙잡고 독하게 연습 게임하고 있대. 이미 8강전은 이겼다는 마인드야."

"승률은?"

예전의 자신을 재현한 Kaiser2017과 중국의 톱클래스 프로게이머 지우펑의 대결이라니 흥미가 들었다.

"몰라. 아무튼 쉬지 않고 반나절 내내 게임을 하는 모양이더라. 잠깐이라도 쉬면 Kaiser2017이 떠나버리거든."

이신은 척 봐도 지독한 노력파로 보였던 지우펑을 떠올렸다.

"역시 재미있겠군."

"만날 재미있겠대. 무슨 액션 만화냐?"

박영호가 툴툴거렸다.

씻으러 들어간 박영호를 뒤로 하고, 이신은 계속 과거의 영상을 살펴보았다.

영상의 주인공은 자기 자신.

그것도 실력이 최고점을 찍었다고 스스로 자평하는 2019년 전반기의 자신이었다.

습격을 받아 손목을 다치기 이전.

그때의 이신은 피지컬의 하락은 전혀 없었으며, 데뷔 후부터 쌓인 경험과 노하우가 누적되어 있었다.

코렛 사장은 현재 무슨 일을 꾸미고 있었다.

각국 서버에 출현하며 내로라하는 프로게이머들을 꺾으며 존재감을 떨치는 Kaiser2017의 존재가 바로 그러했다.

지금도 이미 전 세계 관계자들의 관심을 받고 있는데, 나중에 더 업그레이드 된 Kaiser2018이 등장하면 어떻겠는가?

최종형인 Kaiser2019가 나타난다면?

최대의 이벤트인 월드 SC 그랑프리가 끝나고 나면, 다시 심심해진 팬들의 관심이 자연스럽게 Kaiser2019에게 쏠릴 것이다.

그리고 분명히 지상 최대의 이벤트가 벌어지리라.

도전할 상대가 있다는 건 역시 좋은 일이었다.

이신은 생기가 넘쳤다.

지상 최대의 이벤트에서 역사상 가장 강했다는 한 프로게이머의 최대 전성기 시절을 구현한 인공지능과 대결한다!

과거보다 더 발전된 전략이 있기 때문에 이길 수 있다고 생각했던 자신감은 Kaiser2017과 한 번 싸워보고서 사라져 버렸다,

이긴다고 장담할 수 없는 상대.

이신은 그런 상대를 만나본 적이 지금껏 한 번도 없었다.

데뷔 시절부터 지금까지 줄곧 강했으니까.

한 번도 남보다 약했던 적이 없었으니까.

바로 그때였다.

[더 이상 오를 곳이 없을 때, 그때도 과연 너는 지금과 같은 생
각을 할 수 있을까?]

"큭."
갑자기 지끈거리는 두통이 엄습하자 이신은 머리를 매만졌다.
이내 두통은 사라졌다.
'뭐지?'
뇌리로 어떤 말이 떠오르는 것 같았는데, 잘 기억이 나지 않았
다.
이신은 대수롭지 않게 여기고는 이내 잊어버렸다.

제5장

인수

　월드 SC 그랑프리는 계속 진행되었다.

　우선 아마드 부티아가 독일의 미하엘 슈나이더를 꺾고 올라가 박영호의 4강전 상대가 되었다.

　그리고 남은 하나의 티켓을 놓고 신지호와 지우펑은 그야말로 혈투를 벌였다.

　1세트는 지우펑의 승리.

　초반부터 찌르고 들어간 광신도가 큰 전과를 거두면서 신지호를 시종일관 휘둘렀다.

　끈질기게 막아내며 중반까지 게임을 끌고 간 신지호도 대단했으나, 초반에 입은 피해로 벌어진 격차를 끝내 좁히지 못했다.

　흉신악살처럼 일그러진 신지호의 표정이 화면에 잡히면서 한국 팬들은 즐거워했다.

신지호의 좋지 않은 성격이 세계무대에서도 고스란히 드러나는 것. 신지호의 팬들은 그런 부분을 좋아했다.

2세트, 성질 더러운 신지호가 치즈러시로 똑같이 앙갚음을 했다.

지상 거리가 긴 맵.

심지어 서로 거리가 가장 먼 대각선 방향.

그럼에도 신지호가 치즈러시를 감행할 줄을 지우펑은 미처 예상치 못했다.

앞마당 확장 기지 파괴.

신지호는 그 자리에 참호와 대공포를 지으며 완전히 밀봉시켜 버렸다.

하지만 지우펑도 범상한 인물은 아니었다.

본진에 완전히 갇힌 상태에서 수송기를 써서 유닛들을 일일이 바깥으로 실어 날랐다.

그러고는 안팎에서 공격을 퍼부어 봉쇄를 돌파하는 데 성공했다.

하지만 이미 많은 피해를 입은 상황.

치사할 정도로 모험을 감수하지 않고, 자신의 유리한 상황을 철저히 지켰다.

결국 GG를 선언한 지우펑은 키보드를 주먹으로 후려치며 분노를 표출했다.

―둘 다 성격 더러움ㅋㅋㅋ

―저러다 멱살 잡고 싸울 각 아님?

―ㅋㅋㅋㅋㅋㅋ

―끝나고 현피 각ㅋㅋ

한 성질 하는 두 선수의 대결이라며 해설진이나 팬들이나 모두 즐거워했다.

3세트에서 지우펑은 또다시 초반부터 광신도로 찌르며 공격적인 운영을 구사했다.

이는 전략연구팀에서 지정한 전략이 아니었는데, 지우펑의 자의적인 전략 변경은 주효했다.

처음에는 디펜스에 주의를 기울인 신지호였던지라 잘 먹히지 않았다.

하지만 다음에도, 또 그다음에도 계속 무리한 공격이 이어지자 신지호도 그렇게까지 할 줄은 몰랐는지 흔들렸다.

결국 엉망진창의 진흙탕 싸움이 되어서 모두가 손에 땀을 쥐며 격전을 치켜보았다.

3세트가 끝났을 때, 지우펑이 벌떡 일어나 소리를 질렀다.

신지호의 표정이 일그러졌다.

지우펑의 승리였다.

하지만 4세트는 신지호의 압승이었다.

지우펑이 준비한 수송기+철갑충자 전략을 신지호가 완전하게 맞받아친 것이다.

지대공 공격에 능한 기계보병을 먼저 뽑아서 수송기를 격추해 버린 것.

철갑충자와 수송기를 아무것도 못 하고 잃자, 급격히 불리해진 전세를 지우펑은 만회할 도리가 없었다.

신지호의 절묘한 역설계에 인터넷에서 팬들의 찬사가 쏟아졌다.

스코어는 2—2.

한 치 앞을 알 수 없는 가운데, 마지막 5세트가 시작되었다.

그것은 장장 50분짜리 대결전이었다.

지우펑의 무기는 바로 항공모함.

그런데 지우펑이 항공모함을 준비하느라 지상군이 약해져 있는 타이밍을 노리고 신지호가 총공세를 펼쳤다.

확장 기지 2군데를 전부 날려 버린 신지호의 강력한 맹공이었다.

하지만 그 뒤부터 항공모함을 확보한 지우펑이 역공을 펼쳤다.

항공모함 함대가 지형지물을 이용해 치고 빠지며 신지호의 지상군을 계속 갉아먹었다.

항공모함에서 쏟아지는 작은 폭격기들이 기동포탑과 고속전차 등을 계속 파괴시켰다.

신지호도 곧 기계보병을 쏟아내며 맞섰지만, 지우펑의 게릴라는 집요했다.

확장 기지를 새로 확보해 가며, 이를 저지하는 신지호의 지상군을 항공모함으로 계속 갉아먹었다.

신지호가 우세한 상황.

그럼에도 싸움이 길어지자 이상한 조짐이 보였다.

악착같이 버티며 항공모함의 숫자를 1척씩 늘려 나가는 지우평.

전략 레벨에서 이미 우세한 신지호였으나, 전술 레벨에서 계속 손해가 누적되면서 싸움이 서서히 기울어졌다.

종국(終局)에는 둘 다 지원이 없어서 찢어지게 가난한 상태에서 처절하게 싸웠다.

맵에 자원은 많았지만, 서로 확장 기지를 허용하지 않았기 때문에 서로 꼬리를 묶고 잡아먹으려 드는 두 마리의 뱀처럼 싸우는 것이다.

피 말리는 대결이었다.

그리고 승리의 여신은 지우평의 편을 들어주었다.

부스에서 뛰쳐나온 지우평은 왕춘 감독과 얼싸안고 환호했다.

이로서 SC스타즈는 소속 선수 셋을 모두 월드 SC 그랑프리 개인전 4강에 진출시키는 위업을 달성했다.

신지호는 부스 안에 가만히 앉아 있었다.

아직 투지는 꺼지지 않았는데, 그의 의지와 상관없이 승부는 끝나 버렸다.

의연한 표정을 애써 짓는 신지호의 매서운 눈빛이 붉게 충혈되었다.

아직 더 싸울 수 있는데…….

아직 지치지 않았는데!

왜 다들 일어나서 박수를 치고 있단 말인가.

이제 다 끝났다는 듯이. 손님을 떠나보내려는 것처럼.

"지호야."

하영훈 감독이 부스 안에 들어와 신지호를 불렀다.

신지호가 조용히 입을 열었다.

"감독님, 이걸로 끝난 거죠?"

"……."

"패자부활전 같은 거 없는 거죠? 전 아직 더 싸울 수 있는데. 아직 안 보여준 게 하나 더 있는데."

"뭐가 끝이야. 내년에 또 오면 되지."

하영훈 감독이 다독였다.

신지호는 끝내 눈물을 흘렸다.

그리고 그날 신지호는 자신의 평생에서 가장 뜨거운 찬사를 받았다.

올해 그랑프리 개인전에서 신지호는 쉬운 경기를 펼친 적이 없었다.

하나같이 세계적인 강자들이었고, 하나같이 치열한 접전이었다.

디펜스 위주라 팬에게 어필하기 어려운 스타일을 가진 신지호였지만, 상대가 하나같이 뛰어났던 덕에 그의 방어력이 빛을 발할 수 있었다.

끝내 8강에서 멈췄지만, 신지호로서는 세계 무대에 자신의 이름을 똑똑히 알린 셈이었다.

그의 실력과 불타는 승부욕을 모두가 인정해 준 것이다.

*   *   *

그렇게 명승부 끝에 4강 멤버가 확정된 동안, 한국에서는 이변이 벌어졌다.

결코 호재(好材)가 아니었다.

[넥스트 실업 파산 신청]

[넥스트 파산으로 소속 e스포츠 프로 팀도 해체 위기]

['새로운 구단주 모십니다' 한국 e스포츠 협회, 100대 기업에 공문]

[팀 넥스트 해체 위기 '선수들은 어쩌나']

[구단 파산과 강등 위기 등 악재 겹쳐 '새 구단주 찾기'도 난항]

[한국 프로리그 10팀 체제 깨지나]

팀 넥스트가 해체 위기에 놓인 것.

구단주가 파산을 한 탓에 팀도 매물로 나온 것.

e스포츠 프로 팀은 야구나 축구와 달리 1년에 드는 운영비도 적고, 투자 대비 마케팅 효과가 뛰어나 새로운 스폰서를 구하는

건 어렵지 않았다.

하지만 팀 넥스트는 사정이 달랐다.

꼴등을 달리고 있었던 데다가, 팬들의 평판도 좋지 않았다.

무엇보다도 올해 시즌을 끝으로 강등될 게 확실한 팀을 인수하겠다고 나설 기업은 없었다.

한국 e스포츠 협회가 국내 100대 기업에 공문을 보내 e스포츠의 마케팅 효과를 홍보하며 새 구단주를 물색했지만, 연락 오는 곳은 없었다.

프로리그 후반기 시즌이 곧 시작되는 터라 다들 전전긍긍했다.

일단 한국 e스포츠 협회는 설사 새 구단주 및 스폰서를 찾지 못할 시 협회에서 운영비를 지원할 계획이라고 발표했다.

하지만 팀에 소속된 선수들은 연봉도 제대로 받지 못할 위기에 놓였으며, 이제 막 프로게이머의 꿈을 꾸었던 연습생들도 오갈 데가 없어졌다.

"진짜 안쓰럽더라, 넥스트 애들."

박영호가 혀를 차며 말했다,

"거기가 손지훈이 있었던 팀 맞지?"

"응. 그냥 뭐 만날 바닥 치던 팀이지. 아슬아슬하게 강등은 면했는데 이제 운을 다 썼나 보네."

이신은 일전에 손지훈을 영입하기 위해 팀 넥스트와 친선 연습을 한 적 있었다.

그때 느꼈던 팀 넥스트의 저력은 그야말로 밑바닥.

코칭스태프도 썩어 빠졌다.

고액 연봉자지만 손가락 염증으로 경기력이 안 나오던 손지훈을 차별하고 따돌리는 데 앞장섰다.

선수들도 하나같이 근성 없고 해이하기는 마찬가지.

사정을 알면 더더욱 인수하기 싫어지는 팀인 것이었다.

이신은 문득 이와 비슷한 과거가 떠올라 쓴웃음을 지었다.

팀을 상대로 법적 다툼까지 벌인 끝에 계약된 연봉을 받아냈다.

그러나 스폰서가 돌연 후원을 관둔다며 일방적인 통보를 해버렸고, 팀은 공중분해 되었다.

그때도 선수들은 1군 몇 명만 갈 곳을 찾았고, 연습생들은 상당수가 꿈을 접고 떠났다.

그에 대한 죄책감은 없다.

하지만 프로게이머로서 모든 것을 거머쥔 이신으로서는 꿈을 펼칠 기회를 잃은 후배들이 안타까웠다.

최소한 기회는 있어야 할 게 아닌가.

이신은 여러 가지 생각을 하다가 문득 스마트폰을 꺼냈다.

주소록을 뒤져서 찾던 이름을 발견했다.

"어디 전화해?"

"협회장."

"응?"

"조용히 해봐."

"서, 설마 한국 e스포츠 협회?"

"어."

박영호는 벙쪄 버렸다.

이신이 전화를 걸자, 냉큼 상대가 전화를 받았다.

―예, 이신 선수!

"안녕하셨습니까."

―예, 이신 선수야말로 그랑프리 준비는 잘되시고요?

"예, 금메달은 문제없습니다."

대수롭지 않다는 듯이 이신이 말하자, 옆에서 듣던 박영호가
울컥하는 표정을 지었다.

―하하, 잘됐네요. 올해는 이신 선수가 금메달, 박영호 선수는
은메달! 딱 이렇게 나란히 성적을 거두면…….

"거두절미하고, 팀 넥스트는 어떻게 됐습니까?"

이신은 늘 그렇듯 상대 말을 끊고 본론을 꺼냈다.

―아, 그 이야기 때문에 전화 주셨군요. 그게…….

"인수할 사람 찾았습니까?"

―아직 못 찾았죠. 사실 좀 어렵습니다. 다들 난색을 띠고 있
어요. 워낙 선수들도 부진해서 강등 확률이 높고, 선수들 연봉
미지급도 많이 밀려 있고, 차라리 2부 리그에서 승급 확률이 높
은 신생팀을 인수하지 거기에 돈을 쓰고 싶어 하는 기업이 없습
니다.

"인수해서 이적 시즌 끝나기 전에 새로운 선수를 영입해 전력
을 보강하면 괜찮지 않겠습니까?"

―맞는 말씀이시긴 한데, 요즘 기업들이 그렇게까지 관심 있게

e스포츠를 보지 않아요.

"어째서?"

—e스포츠 잘 모르는 사업가들 생각은 뻔해요. e스포츠라면 아는 건 이신밖에 없죠. 이신 선수는 이제 중국으로 갔잖습니까?

"……."

—아무튼 어떻게든 해봐야죠. 정 안 되면 협회 차원에서 운영비 지원을 해줘서 올해 시즌이라도 보낼 수 있게 해줄 생각입니다.

"제가 인수하겠습니다."

—…예?

"뭐라고?!"

협회장은 물론 옆에 있던 박영호도 기겁을 했다.

"제가 인수하겠다는 겁니다. 제 생각에 팀 넥스트의 1년 운영비가 10억을 안 넘을 거라고 생각됩니다."

—예, 8억 조금 넘죠. 대부분 선수 연봉이고, 그나마도 팀 인수하실 때 선수들의 협조도 구하면 연봉을 재조정할 수 있습니다. 선수들도 팀이 강등 위기에 처한 데 책임이 있고요. 근데 정말로 인수하시게요?"

"일단 직접 팀 선수들을 보고 판단해 보겠습니다. 팀을 인수하겠다는 기업이 안 나오면 연락 주십시오."

—예, 그렇게 하겠습니다. 어휴, 이신 선수께서 나서주신다니 저도 이제 한숨…….

뚝.

이신은 뒷말을 더 듣지 않고 통화를 종료했다.

그리고 자신을 멍하니 쳐다보는 박영호에게 한마디 던졌다.

"뭘 봐?"

"……."

     *   *   *

인터넷 e스포츠 뉴스가 다시 이신으로 도배되었다.

[이신 "팀 넥스트 인수할 것"]
[해체 위기의 팀 넥스트, e스포츠의 신이 구원 나서]
[이신, 팀 넥스트 인수 고려 중]
[협회 측 "이신의 팀 넥스트 인수, 아직 확정된 사안 아냐"]

사실 강등권의 인기 없는 팀 넥스트라, 해체되건 말건 대부분의 팬은 대수롭지 않게 여겼다.

하지만 이신이 개입하자 전 국민의 주목을 받았다.

해체 위기의 팀을 구하기 위해 이신이 나서주었다.

그런 드라마틱한 스토리가 형성되자 다시금 이신은 열광적인 지지를 받게 되었다.

 —이신 형 왜 이렇게 멋있냐?ㅠㅠ

—응, 얼마 안 해

—그럼 네가 사봐 ㅅㅂ아

—팀 넥스트의 후배들을 위해 인수하겠다는 이신 선수 정말 멋지네요.

—선수, 코치, 감독에 이어 이제 구단주도 해보네. 이러다 조만간 협회장도 할 듯ㅋㅋㅋ

—이신 "팀? 그거 얼마 안 해"

—이신 "팀? 내 차보다 비싼 건가?"

—이신 "팀? 그거 내 1년 연봉보다 비싼 건가?"

—ㅋㅋㅋㅋㅋㅋㅋㅋㅋ

—미친놈들ㅋㅋㅋㅋㅋ

물론 환영하는 반응만 있는 것은 아니었다.

오히려 이신의 가장 강력한 추종 세력인 이신교는 봇물 터지듯이 불만을 쏟아내었다.

이유는 별다른 게 아니었다.

—왜 신 오빠가 그런 돈 낭비를 해야 하는 거야?!

—오빠 그런 거 사지 마세요. 걔들 답 없어요.

—팀 넥스트 주전들 사람 아님.

—걔들 노답 경기력 보면 어차피 강등될 애들 같은데, 굳이 신께서 나서서 희생하셔야 하는지 모르겠음. 신님, 돈 남아도시면 그냥 빌딩이나 한 채 사서 건물주 하세요.

—팀 넥스트의 수준 이하의 실력을 보면 쥐 패고 싶다. 하지만 이신 형

님께서 인수하신다면 나도 의리로 온라인 시즌권을 구매하는 수밖에······.

─아 진짜 팀 넥스트 싫은데. 신께서 인수하시면 응원할 수밖에 없잖
아ㅠㅠ

여론이 증명하듯 팀 넥스트는 평판이 좋지 않았다,

매너도 경기력도 좋지 않은 팀 넥스트의 1군 선수들 때문이었
다.

감독이나 코칭스태프는 말할 필요도 없었다. 그들은 팀을 강
등권에 빠뜨린 데에 책임이 있다.

게다가 연봉 삭감에 응하지 않았다는 이유로 손지훈을 팀 내
에서 고립되도록 분위기를 몰아갔던 작자들이었다.

하지만 그럼에도 이신은 팀 넥스트의 인수를 결심한 것이다.

'일단 1부 리그 프로 팀이다.'

당연한 말이지만 이신은 자선사업가가 아니었다.

'떨거지들 다 털어내고 얼마 안 남은 이 이적 시즌을 최대한
활용해 전력을 확충하고 1부 리그 잔류만 시킨다면······.'

그러면 이신은 결코 손해를 보지 않는다.

안 좋은 팀 넥스트의 이미지도 이신이 인수하고 나면 새롭게
바뀌게 된다.

무엇보다 이신은 이미 올도어SCC라는 국내 최강 팀을 키운
전력이 있었다.

1부 리그 잔류에 성공하면 e스포츠 프로 팀은 기업 입장에서
도 마케팅 효과가 상당히 뛰어난 콘텐츠였다.

위잉, 위잉.

스마트폰이 진동했다.

발신자는 차이였다.

—선생님, 정말 팀 넥스트 사시는 거예요?

이신이 전화를 받자마자 차이가 불쑥 얘기를 꺼냈다.

"어."

—너무 무리하시는 거 아닐까요?

차이는 걱정이 되는 건지 신이 난 건지 쾌활하게 말을 이었다.

—지금 그 팀은 1군, 2군, 연습생들 전부 줄줄이 세워놓고 저 혼자 모두 올킬시킬 수 있어요.

"자신만만하군."

—다시 자신감 되찾았거든요. 요즘 다른 팀과의 스크림에서 제 승률이 장양하고 같이 최고조에요.

"잘됐군."

—어쨌든 신중하게 생각하셨으면 좋겠어요. 그 팀 사정이 안 쓰럽긴 했지만, 자업자득인 측면도 있죠. 성적이 상식적인 수준만 됐어도 이렇게 새 구단주 찾기가 어렵지는 않았을 테니까요.

"나도 알아."

—지훈이 형에게 들은 얘기지만, 그 팀 1군은 코칭스태프가 선수 관리도 제대로 안 해서 다른 게임하고 술 마시고 해이해질 대로 해이해졌다고 들었어요.

"다 뜯어고치면 돼."

—선생님께서 그리 말씀하신다면 저 말리지는 않을게요. 다

인수 131

생각이 있으실 테고, 여태껏 한 번도 실패하지 않았으니까요.

"그럼 됐고 사나다 료에게 온라인에 접속하라고 그래."

─연습 상대 필요하세요?

"어."

─네, 그렇게 전할게요. 그럼 힘내세요.

"어."

이신은 통화를 끊고 스페이스 크래프트 온라인에 접속했다.

사나다 료도 접속해 있었다.

이야기를 전해들은 사나다 료는 쾌히 연습 상대가 되어 주었다.

'지우펑도 Kaiser2017과 수십여 판을 싸워가며 철저히 준비를 하고 있다고 들었다.'

Kaiser2017을 연습 상대로 삼을 생각을 하다니, 굉장히 탁월한 선택을 한 셈이었다.

중국 톱클래스인 지우펑의 실력을 감안하면 상당히 위험했다.

이신도 가만히 있을 수야 없었다.

팀 넥스트 인수 건이야 그 뒤의 일.

'일단은 금메달이다.'

사나다 료와 연습이 시작되었다.

5판 3선승제의 대결을 두 번 치르기로 했다.

사나다 료는 전보다 더 완숙해진 실력을 뽐냈다.

특별한 개성이 없이 스탠다드한 스타일이지만, 빈틈을 찾아볼 수 없을 정도로 견고했다.

'이 부분이 지우펑과 꼭 닮았지.'

광기신족 최영준이 광기의 물량으로 불리한 전세를 극복한다면, 지우펑은 아예 실수 자체를 하지 않아 불리한 상황을 만들지 않는다.

실수 한 번 있어서는 안 되는 칼처럼 살벌한 스타일은 엄청난 연습량에 기인한다.

'까다롭지. 이런 타입은 심리전도 잘 안 걸려드니까.'

사나다 료는 이런저런 보편적인 빌드 오더를 펼쳐주며 이신의 연습을 도왔다.

이신도 이것저것 시도해 보면서 쓸 만한 전술을 찾을 때마다 게임을 잠시 중단시키고 메모했다.

빈틈없는 원칙주의자 지우펑에 맞선 이신의 콘셉트는 역시 견제 플레이였다.

지우펑도 Kaiser2017을 상대로 견제를 막는 연습을 많이 했을 터.

하지만 그렇다고 자신의 스타일을 버릴 이신이 아니었다.

장시간 계속되는 연습.

이신은 한 발 한 발 더 오를 곳이 없는 정상을 향하여 전진하고 있었다.

*　　　*　　　*

연습을 마치고 왕춘 감독의 부름으로 면담을 했다.

"연습은 순조로우신 모양이더군요."

왕춘 감독이 덕담을 건넸다.

이신의 모든 플레이 기록은 자동으로 리플레이 파일이 저장되어서 SC스타즈의 전략연구팀에 공유된다.

이는 소속 선수의 모든 PC에 설치된 선수 관리 시스템의 기능이다.

저장된 리플레이 파일은 전략연구팀이 훑어보고서 승리 요인 혹은 패배 요인을 카테고리별로 구분해서 기록한다.

그 기록이 누적되어서 해당 선수의 장단점이 그래프로 일목요연하게 표현되는 것이다.

또한 해당 선수가 그날 하루에 연습량이 어땠는지 체크할 수 있는 자료도 된다.

그럼에도 게으름을 피우는 리우 같은 선수도 있었지만 말이다.

"여기 이신 선수의 오늘 데이터 요약본이 있습니다."

이신은 왕춘 감독이 보여주는 한 장의 프린트를 보며 내심 감탄했다.

사나다 료를 붙잡고 연습한 결과가 깔끔하게 정리되어 있었던 것이다.

"견제 플레이의 성공률이 연습 시간에 비례해서 높아진 점이 좋았습니다. 오늘은 연습이 잘되신 모양이군요?"

"예."

"그런데 예상하셨다시피 지우펑은 카이저 선수가 준비한 콘셉트를 이미 알고 대비하고 있습니다."

"그렇겠죠."

Kaiser2017를 연습 상대로 삼았으니 안 봐도 알 수 있었다.

"지우펑은 오늘 연습 상대인 사나다 료보다 훨씬 디펜스가 철저할 겁니다. 그 부분 인지하셨으면 좋겠습니다."

"알겠습니다."

"그리고 또 하나. 이건 다른 용건입니다만, 팀을 하나 인수하신다고요?"

"예."

이미 이신이 예상한 질문이었다. 진짜 본론도 이쪽이었으리라.

"이쪽의 선수 생활에 지장이 생기는 일은 없겠지요?"

"그 점은 염려 안 하셔도 됩니다."

"예, 믿습니다. 그런데 팀을 인수하시게 된다면 하셔야 할 일이 꽤 많겠군요?"

"그 일을 대신 해줄 책임자를 찾아봐야겠지요."

당연하지만 이신은 팀 넥스트의 일에 직접 신경 쓸 정도로 한가하지 않았다.

최환열처럼 믿을 만한 감독이 필요했다.

"괜찮으시다면 제가 사람을 하나 추천해드리고 싶습니다."

"저야 좋습니다."

"한태곤을 아십니까?"

"한태곤?"

왕춘 감독은 정확한 한국어 발음으로 이름 석 자를 말했다.

그러니 아마도 한국인일 텐데, 이신은 모르는 사람이었다.

"제로섬이라는 닉네임은 들어보셨는지요?"

"아."

'제로섬'이라는 닉네임이 언급되자 이신도 비로소 기억해냈다.

닉네임 제로섬은 이신보다 더 이전의 유명 괴물 플레이어였다.

오성준의 전성기 시대에 온라인을 휩쓸었던 아마추어 고수.

한국 서버에서 프로들을 모두 제치고 랭킹 1위로 등극하면서 모든 국내 프로 팀이 노렸으나, 제로섬은 전부 마다하고 중국으로 떠나 버렸다.

프로들보다 더 실력 좋은 온라인 강자로 등극했을 땐 팬클럽도 생길 정도로 유명세를 떨쳤지만, 중국으로 떠나 버리자 곧 잊혔다.

중국에서 준우승도 몇 번 하는 등 활약했으나, 그동안 한국은 최환열이 왕좌에 등극하고 그 뒤에 이신이라는 불세출의 스타가 출현한 탓에 묻힌 것이다.

"하지만 중국에서 제로섬은 매우 훌륭했던 선수로 기억되고 있습니다. 지금은 코치 2년차죠."

"그 사람은 제가 인수할 팀의 코치로 추천하시는 겁니까?"

"감독입니다."

"……"

이신은 가만히 왕춘 감독을 바라보았다.

"지금은 상하이 게이밍의 코치로 일하고 있지만 계약이 곧 만료됩니다. 직접 만나본 적도 있는데, 모국에 돌아가고 싶어서 계약을 연장하지 않고 있다 하더군요."

그 말에 이신의 머리가 빠르게 회전했다.

상하이 게이밍은 SC스타즈 못잖은 중국 최고의 명문이었다.

10만 관중을 수용할 수 있는 상하이 오리엔탈 스포츠센터를 매번 매진시켜 버리는 엄청난 인기를 누리고 있었다.

'그런 팀에서 코치를 했다면 선진적인 선수 관리 시스템을 잘 알겠군.'

이신은 생각 끝에 입을 열었다.

"만약 제가 팀을 인수하게 된다면 꼭 기용하고 싶은 사람입니다."

"잘됐군요. 그리고 정말 팀을 인수하시게 되고 한태곤을 감독으로 기용하신다면, 저희 SC스타즈와 분기마다 친선 교류를 하는 것도 좋겠군요. 서로 발전을 꾀할 수 있는 좋은 협력 관계가될 겁니다."

이신은 의아해졌다.

"이렇게 절 배려해 주시는 이유가 뭡니까?"

"이상합니까?"

"한태곤의 사정을 잘 아시는 걸 보니 SC스타즈도 노리던 인재라고 생각됩니다. 그리고 제가 인수할 팀은 약팀이라 SC스타즈로서는 도움이 안 될 텐데요."

이신의 정확한 지적에도 왕춘 감독은 그저 웃었다.

"한태곤은 어차피 한국으로 돌아가고 싶어 해서 영입할 수 없었습니다."

왕춘 감독이 계속 설명했다.

"뿐만 아니라, 아직까지 아마추어 게이머의 실력 수준이 가장 높은 곳은 한국입니다. 발달된 PC방 문화 덕분인지, 여전히 게임의 전략·전술 트렌드는 한국에서 발상하는 경우가 상당하지요. 그래서 제로섬이나 카이저 같은 천재가 툭 튀어나오는 것이겠지요."

"……."

"팀 넥스트는 약팀이기에 더욱 아마추어 중에서 인재를 발견하는 데 주력할 테고, 그만큼 변화가 더 역동적인 팀이 되겠지요. 구단주가 카이저라니 팀 넥스트로 뛰어드는 유망주들도 생길 테고요. 그 덕을 저희도 같이 보겠다는 뜻인 겁니다."

한국에 밝은 왕춘 감독다운 깊고 장기적인 사고관이었다.

"무엇보다도……."

왕춘 감독은 문득 짓궂게 웃으며, 손가락으로 위를 가리켰다.

"팀 인수 건에 대해 카이저 선수에게 도움을 주라는 당부가 있었습니다."

그제야 이신은 납득했다.

*   *   *

"이신 선수?"

안경을 낀 순한 인상에 큰 키를 가진 사내였다.

이신은 고개를 끄덕였다.

"제가 제로섬 한태곤입니다."

그랬다.

왕춘 감독이 추천했던 한태곤이 이신을 만나겠다고 직접 뉴욕에 온 것이다.

"언젠가 만날 날이 오겠지 했는데, 이제야 뵙게 됐네요."

"저도 반갑습니다."

한적한 카페에서 두 사람은 커피를 주문했다.

한태곤은 뭐가 그리 즐거운지 이신을 보며 이따금 웃는 기색이었다.

"뭐가 그리 재미있으십니까?"

"실례했습니다. 그 카이저와 직접 얼굴을 맞대고 있다는 게 신기해서요."

한태곤은 웃으며 말을 이었다.

"꼭 한 번 묻고 싶었습니다. 대체 무슨 비결로 그렇게 게임을 잘하냐고요."

"딱히 비결은 없습니다."

"그런가요? 하긴 그쯤 되면 인간의 노력으로 가능한 영역이 아니겠죠."

"……"

"진심입니다. 동시대의 최환열 감독은 노력하면 이길 수 있는 라이벌이었지만, 이신 선수는 아니었죠."

한태곤은 자신의 이야기를 들려주었다,

제로섬은 원조 온라인 고수라고 할 수 있었다.

현역 프로 선수들까지 겪고 한국 서버 온라인 1위를 달성한 아마추어는 그가 처음이었다.

하지만 한태곤은 한국을 떠나 중국에서 데뷔했다.

더 큰 물에서 시작해 성공을 거두겠다는 야심찬 포부였다.

그리고 마침내 상하이 슈퍼리그에서 준우승을 거두고 프로리그 MVP를 차지하여서 성공적인 커리어를 구축했다.

하지만 한국에서는 그런 한태곤을 알아주지 않았다.

도리어 그냥 잊어버렸다.

결국 한국에서 활약한 적이 없기 때문에 인지도 기반이 없어 금방 잊힌 탓도 있지만, 같은 시기에 최환열이 오성준을 겪고 최강자로 등극한 탓이 컸다.

만리타국에서 홀로 활동해야 하는 외로움과 향수병이 겹쳐져서 한태곤은 최환열에게 적개심을 가졌다.

월드 SC 그랑프리에서 만나든, 한국에 돌아가서 만나든 붙으면 꺾겠다고 말이다.

하지만 이신은 달랐다.

데뷔 첫 해에 무패우승을 해버린 미친 신인.

당시로서는 충격 그 자체였던 고난도의 플레이로 그랑프리의 세계 강자들까지 압살해 버린 모습에 한태곤은 그저 기가 질렸다.

사람이 아닌 다른 생물체라고 생각했다.

인간이 저렇게 플레이할 수는 없다.

한국 개인리그와 그랑프리 개인전을 통틀어 한 세트도 안 졌다는 것은, 무슨 짓을 해도 이길 도리가 없다는 뜻이었다.

"제가 욕심을 버리고 마음이 가벼워진 것도 그때부터였죠. 다 한낱 인간이거늘, 하는 해탈한 심정이었다고 해야 할까요?"

그러면서 가볍게 웃는 한태곤이었다.

하지만 한태곤도 은퇴할 때까지 꾸준한 활약으로 중국에서 인정받았으며, 코치로서도 좋은 평가를 받았다.

"그런데 이제 한국에 돌아가고 싶다는 거군요?"

이신이 물었다.

한태곤은 고개를 끄덕였다.

"예, 예전 같은 한국의 e스포츠 환경이었다면 절대 돌아가고 싶지 않았을 겁니다. 그런데 최근 들어 한국도 혁신을 꾀하는 추세라 생각이 달아졌습니다."

한태곤은 미소 지으며 말을 이었다.

"세련된 시스템을 갖춘 팀을 만들어보고 싶었습니다. 그런데 제가 한국에서는 인지도가 없으니 처음에는 2군 팀 감독으로 시작해 볼 생각이었는데, 이렇게 이신 선수의 제안을 받게 된 거죠."

"팀을 리빌딩할 시간이 촉박하기 때문에 더 어려울 수도 있습니다."

"그래도 1부 리그 무대가 어딥니까? 바닥부터 다시 시작할 각오였는데 잘됐죠."

이신은 문득 한태곤에게 손을 내밀었다.

의아해하는 한태곤이었지만 순순히 악수에 응했다.

"자신 있습니까?"

"온 힘을 다 바쳐서 해볼 생각입니다. 돈은 지금껏 충분히 벌었고, 이제 제가 추구하는 건 열정밖에 없습니다."

[진실.]

상급 악마 엘티마에게서 얻은 바 있었던 능력이 발현되었다.

한태곤은 진심이었다.

더 확인할 필요도 없이 이신은 고개를 끄덕였다.

"그럼 부탁하겠습니다."

"실망시키는 일 없도록 하겠습니다."

그렇게 한태곤은 이신이 인수할 팀 넥스트의 새 감독직을 맡기로 했다.

*   *   *

결국 팀 넥스트는 인수할 기업을 찾지 못했다.

이에 한국 e스포츠 협회장은 직접 이신에게 연락해 인수를 정식으로 부탁했다.

ㅡ감독은 사퇴하기로 했고, 그밖에도 이신 선수의 요구 조건을 최대한 들어주겠다고 합니다.

후반기 시즌 시작이 코앞인 터라 급한 쪽은 이신이 아니었다.

당연히 인수 협상에서도 최대한 이신의 편의를 봐줄 터였다.

"새 감독으로 내정한 사람을 제 대리인으로 인수 협상에 보내 겠습니다."

—그게 누굽니까?

"한태곤."

—아, 제로섬?

"아시는군요."

—물론이지요. 데뷔 때부터 은퇴 후 코치 생활까지 쭉 중국에서 한 중국통 아닙니까. 새 팀의 감독으로도 손색없는 인물을 고르셨군요.

역시 월급 도둑질하려고 협회장을 지내는 건 아닌 듯했다.

"아무튼 전권을 위임했으니 그 사람과 협상을 하라고 전해주십시오. 요구 조건이 관철되지 않을 시 인수는 없을 겁니다."

—최대한 편의를 봐드리겠습니다.

그리하여서 한국에 이신의 대리인이 나타났다.

한태곤은 팀 넥스트와 협상을 진행했다.

그런데 팀 넥스트에게 한태곤이 처음 요구한 건 다름 아닌,

"근 일주일 치 리플레이 파일을 모두 보여주십시오. 선수별로 날짜별로 잘 정리되어 있겠지요?"

모든 선수의 연습 기록을 보여 달라는 것이었다.

코칭스태프와 선수들이 크게 당황했다.

하지만 한태곤이 강력히 요구하자, 그제야 코칭스태프는 선수들에게 각자 리플레이 파일을 가져오게 했다.

한태곤의 안색이 어두워졌다.

설마 했는데 아직도 팀 운영이 주먹구구식이었다.

소속 선수들 리플레이 파일을 코칭스태프가 따로 관리하고 있지 않다니.

그래가지고 리플레이 파일이 유출되는 위험은 어떻게 예방할 것이며, 선수들의 전력 분석은 어떻게 한단 말인가?

선수들이 분주히 움직이며 각자 리플레이 파일을 웹 저장소로 보냈다.

선수 별로, 날짜 별로 정리된 리플레이 파일의 양을 보며 한태곤은 더욱 기가 막혀 졌다.

'연습을 하긴 한 건가?'

하루에 연습 게임을 한 횟수가 매우 적었다.

이 정도면 거의 먹고 자고 놀았다는 뜻이었다.

슥 둘러보다가 어이가 없어진 한태곤은 자리에서 벌떡 일어나 선수들에게 소리쳤다.

"다 자기 PC 켜!"

순한 모범생 같은 이미지였던 한태곤에게서 불호령이 떨어지자 선수들은 혼비백산했다.

한태곤은 선수들의 PC를 하나하나 둘러보며, PC에 설치된 프로그램들을 살펴보았다,

온라인 축구 게임에 FPS 건 슈팅 게임에……

스페이스 크래프트 외에 팀원끼리 함께 노닥거리며 즐길 수 있는 게임들이 한가득이었다.

"솔직히 까놓고 얘기하겠습니다. 혹시 미치셨습니까?"

한태곤이 팀 넥스트의 모두에게 물었다.

"여기가 PC방입니까! 이걸 팀이라고 인수해달라고요? 지금 누가 PC방 인수하러 온 줄 아십니까?"

싸늘해진 연습실.

코칭스태프나 선수들이나 고개를 들지 못했다.

한태곤은 다시 자리에 앉아 선수들의 리플레이 파일을 쭉 살폈다.

전부 살펴본 끝에 결론을 내렸다.

"지금부터 새 구단주님의 뜻을 전달하겠습니다."

모두가 긴장한 가운데, 한태곤이 말했다.

"모든 선수 및 코칭스태프의 재계약이 불가피합니다."

"……."

"일단 코칭스태프는 전원 해고."

코치들이 하늘이 무너지는 얼굴들이 되었다.

하지만 지어놓은 죄가 있는지라 고개를 들지 못했다.

한태곤이 계속 말했다.

"그리고 최욱, 변재현."

"예!"

"예!"

호명된 두 선수가 손을 들었다.

최욱과 변재현은 둘 다 1군 주전 선수였다.

"1군부터 연습생까지 통틀어 연습량이 상식적인 수준이었던 사람은 이 두 선수밖에 없었습니다. 두 분은 연봉이 30% 인상된 조건으로 재계약을 하고 싶습니다."

최욱과 변재현의 얼굴이 밝아졌다.

개판이 된 분위기 속에서도 스스로 연습을 하며 자신을 갈고 닦은 선수는 이 둘밖에 없었다.

그 대가를 받은 것이다.

"그리고 지금부터 호명되는 선수는 30% 삭감된 조건으로 재계약할 대상입니다. 물론 다른 팀으로의 이적을 원한다면 타진해 주겠습니다."

그리고 대부분의 1군 선수와 2군 선수의 절반가량이 호명되었다.

호명된 선수들이 털썩 주저앉거나 얼굴을 싸쥐고 괴로워했다.

싫으면 다른 팀에 가라는 뜻.

그러나 갈 수 있었으면 진즉에 갔을 터였다.

다들 어느 팀에도 영입 제의를 받지 못해 남아 있을 수밖에 없었다.

재계약을 받아들이지 않으면 이신은 팀을 인수하지 않을 것이다. 팀이 해체되는 것이다.

한태곤은 저승사자처럼 선고를 이었다.

"그리고 지금부터 호명하는 인원은, 연습량으로 미루어보아 더 이상 팀의 연습생으로 함께할 수 없다고 판단되는 분들입니다."

한태곤의 목소리에 더욱 날이 섰다.

누구보다도 기회에 목말라야 하고 간절히 노력해야 할 연습생의 신분이면서도 연습을 하지 않았다.

성품의 문제든 다른 사정이 있건, 이제라도 프로게이머 말고 다른 진로를 찾는 게 본인들 인생에도 나을 터였다.

호명받을 때마다 연습생들이 멍해지거나 울먹였다.

"이 조건에 응한다면, 연습실 및 숙소의 전세금 일체와 각종 장비 값을 지불하고 팀을 인수하겠다고 새 구단주님께서 말씀하셨습니다."

그랬다.

강경한 한태곤의 요구 사항은 모두 이신의 요구였다.

"그럼 여러분의 답변을 기다리겠습니다."

*　　　　*　　　　*

[이신, 팀 넥스트 인수]

[감독과 코칭스태프, 소속 선수 다수 방출 '뼈를 깎는 인수']

[구단주 된 이신, 팀의 신임 감독으로 '제로섬' 한태곤 내정]

[선수, 코치, 감독 이어 구단주 된 이신]

[해체 위기의 팀 넥스트, 이신이 인수했다]

[이신의 새 팀에 취임한 한태곤 감독 "새 팀 만들 것. 1부 리그 잔류 목표"]

팀 넥스트의 새 팀명은 나중 문제였다.

감독으로 취임한 한태곤은 중국에서 알고 지내던 은퇴 선수나 코치를 코칭스태프로 영입했다.

선수 관리 시스템은 SC스타즈의 것을 도입하기로 했다. 왕춘 감독이 전폭적인 지원을 약속한 덕에 쉽게 성사된 일이었다.

하지만 가장 시급한 것은 전력 확충.

즉시 전력감 선수를 영입하려면 돈이 필요한데, 기사회생하여 새 출발을 하는 팀에게 그런 자금이 있을 리 없었다.

'선수를 키우고 발굴하겠다.'

프로리그 4라운드를 치르고 승강전을 치르기까지의 기간은 약 반년.

그 안에 한태곤 감독은 지도자로서 자신의 역량을 펼쳐 보일 생각이었다.

체계적인 시스템으로 선수를 효율적으로 육성시키면, 자신에게 주어진 짧은 시간 안에도 성과를 낼 수 있을 터였다.

아무튼 이제부터는 한태곤 감독의 일이었다.

일단 팀 인수 문제가 일단락된 이상, 이신은 월드 SC 그랑프리 경기에 집중해야 한다.

'이것 때문에 경기 준비를 소홀히 하면 안 되는데.'

그런 부분에 있어서 이신은 아주 철두철미한 타입으로 보였지만, 한태곤 감독은 그럼에도 걱정이 들었다.

중국통인 한태곤 감독은 이신의 4강전 상대인 지우펑을 잘 알았다.

'아주 독한 승부사지.'

중국에서 가장 연습량이 많은 선수를 꼽으라면, 모든 관계자가 지우펑을 꼽는다.

상대를 이길 방법을 어떻게든 찾아내서 파고들고야 만다.

절대 못 이긴다는 순간에서도 판을 엎을 적이 한두 번이 아니었다.

'걱정되는군.'

한태곤 감독은 이신의 준비성을 의심하지 않는다.

하지만 기본적으로 그토록 오랜 세월 정상에 군림하다 보면 상대를 얕보는 습성이 없을 수 없었다.

게다가 지우펑은 도전자의 입장에서 불가능에 도전할 때 더욱 강해진다고 스스로 인터뷰로 밝힌 적도 있을 정도.

이신이 지우펑에게 심리상의 허점을 드러내지 않기를 바랄 뿐이었다.

제6장

독기

　가위바위보처럼 유독 운이 많이 작용하는 대결이 바로 괴물 대 괴물의 싸움이다.

　어떤 빌드 오더를 택했느냐에 따라 승패가 절반 이상 갈린다고 봐야 한다.

　때문에 실력이 만개했다고 평가되는 올해의 박영호에게 이번 4강전은 결승을 향한 가장 큰 고비로 평가됐다.

　아마드 부티아.

　미국에 진출해 부와 명예를 거머쥔 성공의 아이콘.

　인도에 e스포츠 붐을 촉발시킨 장본인이기도 했다.

　수많은 인도 소년이 제 2의 아마드 부티아를 꿈꾸며 e스포츠에 뛰어들고 있다.

최근 폭스 게이밍에 입단해 아마드 부티아와 한솥밥을 먹게 된 니노도 그 대표적인 케이스였다.

미국 프로리그에서 마이클 조셉의 독주를 막을 수 있는 몇 안 되는 카드이며, 이제 경험이 쌓이면서 점점 실력에 관록이 붙기 시작한 아마드 부티아.

그는 분명 박영호로서는 가장 큰 난적임이 틀림없었다.

신족은 물론이고 종족 상성상 괴물의 천적인 인류도 어지간해서는 박영호를 이기기 어렵다고 평가되고 있었다.

하지만 딱 하나 가능성이 높은 것은 변수가 많은 괴물 동족전.

그리고 아마드 부티아는 큰 무대에서 중요한 경기를 치른 경험이 많은 탓에, 이런 위험천만한 괴물 동족전에 강했다.

게다가 미국 프로리그에서도 상대 팀이 저격 카드로 같은 괴물을 엔트리에 내는 일이 많은 탓에, 동족전 경험이 상당히 풍부한 아마드 부티아였다.

하지만…….

'동족전은 나도 질리게 많이 했거든?'

박영호도 마찬가지였다.

이신이 은퇴한 동안, 쌍영이라 불리며 최영준과 함께 최강으로 군림하던 시절이 있었다.

같은 쌍영인 최영준 외엔 대항마가 딱히 없는 탓에, 상대 팀에서 같은 괴물을 내보내 변수가 많은 동족전을 유도하는 일이 많았다.

그리고 그때마다 동족전 승률이 반반이었으면, 박영호가 지금처럼 높은 평가를 받지 못했을 것이다.

그렇게 약점이 뚜렷했으면 개인리그 때마다 우승, 준우승, 4강 등 높은 성적을 거두지도 못했으리라.

괴물 대 괴물의 대결은 거의 두 가지로 나뉜다.

바퀴 싸움.

쐐기충 싸움.

초반에 바퀴 싸움으로 승패가 좌우되고, 그 시간대를 넘기면 쐐기충 간의 싸움이 된다.

박영호는 안전 위주로 플레이해 초반 시간대를 넘기고 쐐기충 싸움으로 끌고 갔다.

쐐기충 컨트롤은 자신이 있었다.

'공중전을 못하면 신이 형을 못 이기니까.'

이신이 스텔스 전투기를 썼을 때, 대부분의 괴물 플레이어가 공중전을 피해 독침충으로 수비하다가 망했다.

수비한다는 건 결국 이신의 공격에 맞춰 수동적으로 움직인다는 뜻.

다른 사람도 아닌 이신에게 주도권을 내준다니?

아무리 유리한 상황에서도 이신의 공격에 정신없이 휘둘리다가 쓰러지는 패턴을 한두 번 보았는가?

미친 피지컬을 가진 박영호도 휘둘리는 입장에서 싸우면 이신을 감당하기 어렵다.

정신적으로 더 힘든 탓에 피지컬이 더 뛰어나도 보다 일찍 지치게 된다.

'전에는 그래도 피지컬로 버틸 수 있다고 생각했다가 졌어.'

간혹 피지컬을 기반으로 한 미친 수비로 꾸역꾸역 이신의 공세를 막아낸 끝에 역전한 경기도 있었다.

하지만 그건 어쩌다 한 번 나온 명경기일 뿐이었다.

보통은 진다.

이신에게 휘둘러져서는 안 된다.

'병철이 형이 콘셉트는 잘 잡았던 거야.'

이단자 황병철.

도리어 더 강력한 공격으로 맞받아치는 스타일이 주효했기 때문에 이신의 대항마일 수 있었다.

비록 이신의 심리전에 자주 말린다는 약점이 있었지만 말이다.

황병철은 쐐기충으로 이신의 스텔스 전투기와 공중전을 벌이는 것도 두려워하지 않았다. 그렇게 해서 이기기도 했다.

박영호는 그 부분을 본받기로 했다.

그래서 컨트롤을 연마했다.

인류를 휘두를 수 있는 비행 유닛인 쐐기충을 말이다.

그렇게 펼쳐진 박영호와 아마드 부티아의 공중전은 상당히 치열한 것이었다.

하지만 박영호는 곧 아마드 부티아를 압도했다.

─쐐애액!

─키엑!

터닝 샷으로 달려오는 폭탄충을 연속으로 격추시켰다.

박영호의 쐐기충 편대는 아마드 부티아와 계속 공방을 주고받으며 이득을 취했다.

결국 먼저 빼는 건 아마드 부티아.

괴물의 대공 방어 타워인 쐐기탑이 지어져 있는 곳으로 유인하려 했지만, 그마저 다 간파하고 있는 박영호였다.

전투에서 압도하고 있으니, 정신적으로 더 여유롭다.

심리적으로 상대보다 우세한 상태에 있기 때문에, 속지 않고 도리어 상대의 속내를 파악하기 쉽다.

오히려 급한 쪽이 더 고차원적인 플레이를 하기 어려워진다.

'안 나오면 나오게 만들어주지.'

전투를 피해 쐐기충 편대를 본진 안에 숨겨 두고 있는 아마드 부티아.

컨트롤 대결에서 박영호에 밀린다는 걸 인정한 꼴이었다.

자신감에서 밀렸으니, 주도권은 박영호에게 있었다.

저렇게 웅크리고 있는 수비적인 상대를 어떻게 휘둘러야 하는지 박영호는 잘 알고 있었다.

이신에게 배웠다.

끊임없이.

끈질기게.

다각도로.

박영호의 쐐기충 편대가 계속 아마드 부티아의 진영 곳곳을 다니며 두들겨댔다.

갈 때마다 일벌레를 1마리씩 잡아내니, 생산 유닛 숫자가 무엇보다도 중요한 괴물로서는 큰 타격이었다.

아마드 부티아도 어리석지는 않았다,

결국 정면에서 결판을 봐야 한다는 걸 알고 있었다.

승부!

아마드 부티아가 뛰쳐나왔다.

쐐기충 편대와 폭탄충 다수.

박영호도 마찬가지였다.

그리하여 대판 펼쳐진 공중전. 거기서 박영호의 믿을 수 없는 슈퍼 플레이가 나왔다.

한데 뭉쳐져 있던 쐐기충 무리 속에 감춰져 있던 폭탄충이 기습적으로 튀어나와, 아마드 부티아의 쐐기충과 자폭한 것이다.

그 같은 고난도의 플레이를 계속 펼쳐 아마드 부티아의 쐐기충을 격추시키는 데 성공한 박영호.

반면에 아마드 부티아의 폭탄충들은 부채꼴로 넓게 펼쳐 감싸듯이 덤볐지만, 상식을 넘어선 박영호의 터닝 샷 컨트롤 탓에 성과가 시원찮았다.

공중전의 패배는 곧 승패의 갈림길로 이어졌다.

결국 아마드 부티아는 GG.

"아자!"

부스에서 뛰쳐나온 박영호가 길길이 날뛰며 승리의 기쁨을 즐겼다.

"와아아아아아!"

"러너! 러너!"

─러너가 결승 진출에 성공했습니다. 이로서 카이저의 권좌에 다시 도전할 수 있게 되었습니다.

─작년에 이어 올해도 최소 은메달! 정말 대단합니다, 러너!

─아마드 부티아 선수로서는 아쉽게 되었군요. 운영과 대규모 전투에 두루 능통한 아마드 부티아인데, 하필 러너를 상대로 러너가 가장 자신 있어 하는 컨트롤 싸움을 해야 했습니다.

─마이크로 컨트롤에 약한 것은 사실 미국에서 활동하는 선수들이 대체로 보이는 약점입니다.

미국의 프로 팀은 전략·전술 및 운영에 의한 합리적인 승리를 원했다.

소수 유닛의 마이크로 컨트롤에 의해 얻는 승리는 자주 나오지 않는 행운일 뿐이라고 생각했다.

선수 개인의 기교보다는 이치에 맞는 합리적인 승리가 팀의 진정한 위력이라고 믿는 것이다.

그 탓에 리그 수준은 최고이지만, 유독 월드 SC 그랑프리 개인 전에서는 아직 금메달을 얻지 못한 것인지도 모른다.

반면에 컨트롤처럼 개인의 기교가 강한 한국은 유독 개인전에서 뛰어난 성과를 거두는 것이고 말이다.

"최고의 도전자로군요."

호텔.

인터넷 스트리밍 중계로 경기를 지켜본 왕춘 감독이 한마디했다.

함께 보던 이신도 고개를 끄덕였다.

"그래줘야죠."

무서운 이신의 컨트롤 능력에 대해 피하지 않고 정면으로 맞서겠다는 박영호의 자세.

진정으로 이신을 긴장시킬 수 있는 몇 안 되는 적수였다.

그러다가 이신은 또 다른 자신의 상대를 떠올렸다.

"지우펑은?"

"러너의 경기는 결승 진출을 확정시키고 나서 보겠다고 하더군요."

왕춘 감독이 웃으며 말했다.

이신도 웃었다.

지우펑은 결승전을 염두에 두고 있지 않았다.

오직 눈앞에 있는 이신을 꺾는 일에 심신을 온전히 쏟고 있는 것.

"누가 이겼으면 좋겠습니까?"

이신이 문득 반쯤 농담 삼아 물었다.

왕춘 감독은 곤란하다는 듯이 웃었다.

하지만 당황하지 않고 말한다.

"카이저를 상대하는 선수를 응원하는 모든 팬과 같은 마음이지요."

"……?"

"카이저를 이겼으면 좋겠다. 하지만 카이저가 지는 모습도 보고 싶지 않다."

이신은 피식 웃었다.

"같은 중국 선수이고 제가 키운 선수라서가 아니라, 지우펑은 정말로 얕보시면 안 됩니다."

왕춘 감독이 말했다.

"지우펑은 불가능에 가까운 일을 수없이 해낸 선수입니다."

"알고 있습니다."

"현재 저희 팀 전략연구팀은 지우펑을 집중적으로 캐어하고 있죠. 본의 아니게 카이저게 불공평한 처사를 끼치게 되었습니다."

"상관없습니다. 저도 지금껏 해온 저만의 방식이 있으니 이게 편합니다."

"대신 제가 힌트를 하나 드리겠습니다."

"힌트?"

"지우펑과 싸울 때, 빌드 오더에서 지고 시작하게 될 겁니다."

"빌드 오더라."

이신은 왕춘 감독의 말뜻을 대략 눈치챘다.

'새로운 빌드 오더를 개발했구나.'

지우펑의 집념의 결실인지 SC스타즈 전략연구팀의 역량인지는 모르겠지만, 어쨌든 지우펑의 경기력을 극대화시키는 최적의 빌드 오더를 발견한 것.

이신을 이기기 위해 개발한 빌드 오더이니 필시 위협적이리라.

"익숙한 일입니다."

이신은 대수롭지 않다는 듯이 말했다,

"늘 그랬습니다."

빌드 오더로 유리하게 시작한 상대를 초인적인 건설로봇 블로킹 혹은 견제 플레이로 극복해 이겨냈다.

그렇게 수없는 승리를 일궜고, 그 덕에 절대적인 명성을 얻었다.

이신은 이번에도 다르지 않다고 여겼다.

그리고······.

'지우펑은 그런 카이저의 예전 모습을 쏙 빼닮은 Kaiser2017을 상대로 연습을 했습니다.'

왕춘 감독은 속으로 생각했다.

'진인사대천명(盡人事待天命)이라. 지우펑은 이길 준비를 다 해 놓았다. 남은 건 하늘에 달렸구나.'

거액을 투자해 데려온 카이저가 그만한 가치가 충분하다는 것을 이번에도 증명해 주길 바랐다.

하지만 한편으로는 지우펑을 응원하고 싶었다.

같은 중국인이고, 자신이 키운 애착 가는 팀의 에이스 선수여서가 아니었다.

지우펑은 묘한 마력이 있었다.

어떤 과거가 있어서인지는 모르겠지만, 지독하게 자신을 채찍질하는 노력파였다.

스스로에게 혹독한 그 태도는 경탄스럽기도 하고, 때때로 보고 있기 아슬아슬해서 안타깝기도 했다.

'어쨌든 부디 좋은 승부이길.'

이렇게 판이 마련됐는데, 허망하게 끝나버리는 승부가 나올 리 없었다.

그건 하늘이 보기에도 참 말도 안 되는 일이리라.

*　　　　　*　　　　　*

"이거 의외인데."

코렛 사장은 연구원들의 보고서를 보며 놀라움을 금치 못했다.

코렛 사장이 보고 있는 건 정체를 숨기고 활약한 Kaiser2017의 성적 그래프였다.

2017년이라는 과거의 카이저를 반영한 인공지능임에도 엄청난 성적을 거두었다.

역시나 그 시절의 카이저는 시대를 한참 앞섰던 것임이 증명된 것이다.

그런데 유독 한국 서버에서 승률이 8할 초반으로 내려갔다.

한 유저가 집요하게 Kaiser2017을 붙들고서 수십 판씩 대전을 벌인 결과였다.

총 스코어는 Kaiser2017의 우세였으나, 뒤로 갈수록 점점 유저가 승리하는 빈도가 높아졌음을 확인할 수 있었다.

"이제 슬슬 Kaiser2018을 내보낼 때가 됐군."

지금은 2017년이 아니었다.

이 유저처럼 Kaiser2017에게 승리를 따내는 S등급 유저가 계속 등장할 것이다.

그러니 이제는 Kaiser2018을 내보낼 생각이었다.

그리고 모든 테스트가 끝났을 때, 초대형 이벤트에 등장하는 인공지능은 최종 버전인 Kaiser2019가 될 것이다.

"그나저나 카이저의 4강전이 정말 기대되는군."

당연하지만, Kaiser2017를 상대로 뒤로 갈수록 많은 승리를 따낸 이 유저의 정체가 누군지 코렛 사장은 알고 있었다.

＊　　　＊　　　＊

'오늘이다.'

지우펑은 준비를 마치고 결전의 무대로 향했다.

세계 e스포츠 최대의 축제.

세계에서 가장 강한 자는 누구인가?

그 질문에 대한 답이 이제 도출되기 시작했다.

한 사람은 박영호.

2년 연속 결승 진출로, 세계 최강을 꿈꾸기에 충분한 실력을 갖고 있음이 명백히 입증되었다.

그리고 결승전의 남은 한 자리를 놓고 이제 두 사람이 붙는다.

이신.

절대무적의 카이저.

자타공인의 역사상 가장 위대한 프로게이머로, 한때 끝난 줄 알았던 그의 전설은 아직도 현재진행형이었다.

그리고 오늘 이에 맞서는 도전자는 바로 지우펑.

불가능에 도전하는 입장으로 여겨지고 있으나, 중국 최고의 실력자인 지우펑은 충분히 이변을 일으킬 역량이 있었다.

경기장에 도착하자 매니저가 분주히 움직이며 그의 장비를 세팅하기 시작했다.

키보드와 마우스 설정을 모두 체크하고, 마지막으로 지우펑도 플레이를 해보며 점검했다.

"완벽합니다."

지우펑이 오케이 사인을 내렸다.

그제야 매니저는 안심하고 물러났다.

반대편 부스에서도 이신이 세팅을 완료한 상태였다.

'이길 수 있다.'

지우펑은 다시 한 번 스스로에게 자신감을 불어넣었다.

준비는 완벽했다.

이렇게까지 준비했는데 못 이긴다는 건 말도 안 된다.

*　　　　*　　　　*

―1세트 시작되었습니다!

게임이 시작됐다.

맵은 개선문.

십자가 형태의 완만한 언덕 지형이 맵을 가로지르고 있는 맵으로, 십자 언덕의 정중앙에 다량의 자원이 매장되어 있다.

그 정중앙을 인류가 장악한다면, 자원으로나 지형적으로나 승기가 급격히 기울어지게 된다.

또한 십자가 형태로 맵을 4등분하는 언덕 지형 역시 인류에게 유리했다.

언덕 위에 기동포탑이 배치되면, 시야 확보도 유리할뿐더러 언덕 판정을 받아 공격력, 방어력도 강해진다.

때문에 이 맵에서 인류와 신족의 승률은 약 6대 4.

지우펑에게 불리한 맵이라 할 수 있었다.

'빠른 조이기를 시도해올 가능성이 높지.'

인류가 재빨리 진출해서 지우펑의 앞마당 앞 언덕에 자리 잡으면, 그걸 뚫기가 쉽지 않다.

그럼 그 언덕 고지를 발판 삼아서 이신의 줄기찬 공격이 이어지리라.

'몇 번이나 겪은 상황이지.'

그리고 지우펑은 Kaiser2017을 상대로 수없이 그런 상황을 극복해 보았다.

초반 상황.

지우펑은 생명석만 짓고는 곧바로 앞마당에 확장 기지를 가져가는 판단을 내렸다.

―더블입니다. 지우펑이 과감하게 자원을 확보하는 판단을 내렸습니다.

―카이저는 광산을 개발한 걸로 보아서 기갑정거장을 빨리 지을 것 같은데요.

―카이저가 노리는 타이밍에 지우펑이 완벽하게 당할 수 있어요!

이신의 정찰용 건설로봇이 지우펑의 앞마당을 발견했다.

지우펑이 생 더블을 시도할 걸 발견한 것이다.

그 순간,

―터엉!

정찰용으로 쓰기 위해 공중에 띄워 이동시키던 병영 건물이 곧바로 땅에 착지했다.

그리고 보병 생산 개시.

그 결심에 단 1초의 망설임도 없었다.

―예, 발견 즉시 보병 생산을 시작했습니다.

―자원 욕심을 낸 지우펑을 바로 응징해 버리겠다는 판단! 참 결단이 빠르죠?

―실패를 두려워하지 않는 겁니다. 그래서 망설임이 없죠.

―카이저의 치즈러시는 상당히 성공률이 높은데요. 과연 지우펑이 감당할 수 있을지 지켜봐야겠습니다.

보병이 둘이 되었을 때, 이신이 공격을 시도했다.

건설로봇도 다수 동원한 치즈러시였다.

건설로봇들과 보병 2기가 우르르 지우펑의 앞마당으로 난입했다.

'이건 막아야 한다.'

예상했던 상황이었다.

지우펑은 신도들을 다수 동원했다.

건설로봇 하나가 참호를 짓기 시작했다.

일제히 뛰쳐나온 신도들이 그 건설로봇을 집중 공격했다.

그러자 다른 건설로봇들이 붙고, 뒤에서 보병들이 총을 쐈다.

―투타타타!

지우펑은 총격을 피해 신도들을 뒤로 뺐다.

일부 신도는 우회시켜 뒤에 있는 보병들을 노렸다.

치열한 난투!

신도 다수를 한꺼번에 동원한 지우펑의 결단이 디펜스에 도움이 되었다.

비록 신도를 4기나 잃었지만, 보병 2기를 사살했고 참호 건설도 취소시킨 것.

하지만 뒤이어 추가 생산된 보병이 더 나타났다.

지우펑은 계속 신도들로 치고 빠지기를 반복하면서 어떻게든 이신이 앞마당 가까운 곳에 참호를 짓는 것만 저지했다.

이윽고 지우펑의 본진에서 광신도 2기가 나타나자 상황이 반전되었다.

지우펑은 생 더블 후에 바로 참회실 2채를 지어서 빠른 타이밍에 광신도 둘이 나오도록 빌드 오더를 짠 것이다.

강력한 광신도의 등장에 이신도 물러나지 않을 수 없었다.

하지만 완전히 물러나지는 않았고, 앞마당 앞 언덕 지형에 자리 잡고서 엎치락뒤치락 싸웠다.

지우펑 또한 유리한 언덕 판정을 받고 있는 적과 싸우지는 않고 병력을 물렸다.

언덕을 기점으로 양측이 신경전을 벌였다.

지우펑은 신도들을 어느 정도 방어에서 빼서 일을 시켰다.

본진과 앞마당 두 군데서 자원 채집을 시작한 것이다.

—양측 상황 참 애매합니다.

—지우펑 선수가 더블을 성공시키긴 했는데, 2참회실을 돌려서 광신도 둘을 생산하느라 일꾼 숫자는 많지 않아요.

—그래도 유리한 건 앞마당에 확장 기지가 있는 지우펑이 확실합니다. 하지만 아직 모르죠. 카이저는 2기갑입니다!

이신은 앞마당 확장 기지 없이 기갑정거장을 2채나 지었다.

2기갑.

2기갑정거장에서 병력이 생산될 때, 다시 한 번 타이밍 러시를 펼쳐 끝내겠다는 생각이었다.

자원을 확보하는 대신 테크 트리가 늦다는 생 더블의 약점을 파고들 생각이었다.

타이밍을 최대한 빨리 끌어 올리기 위하여, 비싸고 느린 기동 포탑 대신 고속전차 생산을 택했다.

고속전차 2기가 생산되자마자 재빨리 지우펑을 향해 달렸다.

거기다가 보병 숫자도 꾸준히 모아주고 있었던 이신.

보병과 고속전차 2기와 건설로봇 3기가 다시 한 번 지우펑에게 달려들었다.

때맞춰 고속전차의 지뢰 개발도 완료.

완벽하게 타이밍을 맞춘 이신의 공격이었다.

그런데 타이밍을 정밀하게 계산한 건 지우펑도 마찬가지였다.

지우펑의 앞마당에 어떤 건물이 건설 완료되고 있는 것이 보였다.

—배리어 충전실입니다!

—배리어 충전실을 끼고 싸워서 막아내겠다는 계산입니다.

모든 신족 유닛은 배리어(Barrier)로 보호되어 있다.

유난히 신족 유닛이 다른 종족보다 강력한 것도 이 때문.

이 배리어는 시간이 지나면 저절로 회복되는데, 배리어 충전실에서 단숨에 회복시켜 주기도 한다.

즉, 배리어 충전실을 끼고 싸우면, 의무병을 끼고 싸우는 것과 같은 효과를 볼 수 있는 것이다.

광신도 4기가 우르르 나와 맞서 싸웠다.

—퍼억! 퍽!

—으악!

보병 하나가 광신도들에게 공격 받아 사망했다.

—퍼어엉!

건설로봇 또한 광신도들에게 린치를 받아 박살 났다.

그러는 동안 이신의 보병들도 가만히 있지 않고 광신도 하나를 집중적으로 사격했지만,

—위이잉!

배리어 충전소가 가동되며 다 죽어가던 광신도의 배리어를 다시 회복시켜 주었다.

—지우펑 정말 잘 싸웁니다!

—완벽하게 준비한 생 더블이었습니다! 배리어 충전소를 끼고

싸우니까 광신도들이 좀처럼 죽지 않아요.

─하지만 이대로 가만히 당하고 있을 카이저가 아니죠.

그 말대로였다.

기회를 틈타 고속전차 2기가 삽시간에 앞마당 안쪽으로 파고 든 것이다!

일단 지뢰부터 매설.

우르르 뒤쫓아 오던 광신도들이 다급히 지뢰부터 집중 공격했 다.

광신도들이 지뢰를 제거하는 동안, 고속전차 2기는 신도를 사 살해 나갔다.

─펑! 퍼엉!

─아악!

고속전차의 공격 2회에 신도가 죽는다.

즉, 고속전차 2기의 공격 한 방에 신도 1명이 사살된다.

이신이 폭풍처럼 신도 4명을 사살했다.

신도들이 우르르 본진 안으로 대피했다.

고속전차도 뒤따라서 본진으로 침투하려 할 때였다.

본진 안에서 막 생산된 거신병기가 출입구를 가로막았다.

─타이밍 완벽합니다!

─지우펑이 신도를 바로 대피시키지 않은 이유는 저 거신병기 가 생산될 때까지 고속전차가 본진에 침투하지 못하게 시간을 번 거였어요.

─일부러 신도 몇 명을 내줘서 시간을 벌었습니다. 카이저의

고속전차가 본진에 들어갔으면 더 피해가 클 뻔했죠?

거신병기가 본진 출입구를 막고, 광신도들은 보병·건설로봇 부대와 치열하게 싸운다.

수적으로는 불리하나 배리어 충전소가 계속 기능을 발휘하며 버텨낼 수 있었다.

결국…….

—아! 카이저가 후퇴합니다!

계속 싸워도 이길 수 없다고 판단한 이신.

쓸데없이 피해를 더 키우기 전에 모든 병력을 철수시켰다.

광신도들이 빠져나가려는 고속전차 2기를 막아섰지만, 그 와중에도 빈 틈새로 약삭빠르게 탈출해버리는 이신의 컨트롤이 기막혔다.

"와우!"

"오오오!"

한바탕의 곡예에 관중석에서 롤러코스터에 탄 듯한 탄성이 울려 퍼졌다.

무사히 빠져나온 고속전차 2기는 지뢰를 퇴로에 매설해 지우펑의 역습을 차단했다.

하지만 상황은 이신이 너무 불리했다.

잇단 공격에 피해를 보긴 했어도 지우펑은 어쨌든 본진과 앞마당 2군데서 자원을 캔다.

반면, 본진 자원만 쥐어짜서 공격했던 이신은 극도로 가난한 상태.

조금만 시간이 흐르면 자원 격파가 병력 격차로 나타난다.

—카이저의 판단은 트리플입니다. 이제 싸움을 길게 보고 따라잡겠다는 생각이죠.

—지뢰를 매설해서 지우펑의 공격 타이밍을 늦추고 트리플 돌려 자원 상에서도 따라잡겠다는 판단입니다.

이신은 생산된 고속전차로 계속 지뢰를 매설하며 방어를 갖춰 놓았다.

그러면서 앞마당과 6시 지역에 동시에 확장 기지 2곳을 구축했다.

트리플(Triple).

즉, 3군데서 자원을 캐 격차를 만회하겠다는 판단.

하지만 지우펑도 유리한 자원 상황을 잘 활용할 줄 알았다.

패스트 아바타(Fast avatar).

아바타를 최대한 빨리 생산하여서 공격을 시도한 것이다.

이신의 진영에 나타난 아바타.

대공방어까지 할 겨를이 없었으므로, 아바타는 쉽게 본진까지 들어갔다.

그리고 이어지는 소환 마법.

—파앗!

지우펑의 병력 다수가 본진에 나타났다.

이신은 즉각 병력을 본진에 회군시켜 맞서 싸웠지만, 기다렸다는 듯이 6시 확장 기지도 적의 공격을 받았다.

지뢰를 뚫고 달려온 광신도들이 덮친 것.

본진과 6시 2군데를 동시에 공격당하자 이신은 당해낼 겨를이 없었다.

애당초 타이밍 러시가 2번이나 막혔을 때 승부는 끝난 셈이었다.

실낱같은 희망을 걸고 트리플을 시도했으나, 지우펑은 다 이긴 게임을 놓칠 정도로 바보가 아니었다.

—Kaiser: GG.

중시 여기는 1세트를 내준 이신은 당연히 표정이 좋지 않았다.

0—1로 스코어를 리드당하면 그만큼 계속 상대에게 끌려가게 된다는 걸 누구보다도 잘 알았기 때문이다.

"빌드 오더에서 지고 시작하게 될 겁니다."

문득 떠오르는 왕춘 감독의 경고.

그 말의 정체를 이신은 깨달았다.

'내가 뭘 하든 막을 수 있는 생 더블 빌드라는 건가?'

SC스타즈의 전략연구팀과 지우펑이 얼마나 철저하게 준비했는지 1세트에서 싸워보고 느낄 수 있었다.

앞마당 확장 기지를 가져간 후 2참회실을 지어서 디펜스 병력 확보.

그 뒤 상대를 살펴가며 타이밍 러시를 해올 시, 시간 맞춰 배터리 충전소 건설.

이신은 웃었다.

정말 지우펑이 독기를 품고 도전해왔다는 게 느껴졌다.

'정말 완벽한 빌드 오더인지 확인해 주지.'

이신은 강한 흥미를 느꼈다.

어려워질수록 게임이 재미있어서 미칠 것 같았다.

제7장

퍼펙트 더블

　─맙소사! 이게 대체 어떻게 된 일입니까?

　─카이저가 수세에 몰렸습니다. 지금까지 카이저가 다전제 대결에서 이렇게까지 궁지에 몰린 적이 있었습니까?

　해설진이 흥분된 목소리를 마구 터뜨렸다.

　관중들도 술렁거렸다.

　지우펑이 계속 병력을 휘몰아치며 공격을 퍼붓고 있었다.

　치열하게 고속전차로 지뢰를 깔고 배후로 침투해 교란 작전을 벌이는 이신.

　어떻게든 막아내면서 반전의 기회를 노리지만, 지우펑은 역전의 실마리를 조금도 내주지 않았다.

　2세트.

지우펑은 똑같이 생 더블을 시도했다.

그리고 이신의 선택은 페이크 더블.

앞마당 확장을 할 것처럼 지우펑을 속이며, 3시 지역에 기갑정거장을 한 채 더 몰래 지었다.

2기갑.

본진의 기갑정거장은 기동포탑을 생산.

병영에서도 보병을 생산했다.

그리고 3시에 숨겨 지은 기갑정거장은 허를 찌르기 위한 고속전차를 생산했다.

준비가 끝나자 이신이 공격을 시도했다.

표면적으로 나선 건 기동포탑 2기와 보병 8명 정도.

하지만 3시에서 비밀리에 생산된 고속전차들도 은밀히 움직이며 지우펑의 목덜미를 물어뜯을 태세였다.

문제는…….

"다 알고 있었다."

경기장.

경기를 지켜보며 왕춘 감독이 중얼거렸다.

"지우펑이 또 생 더블을 할 것을 알고 있는 카이저다. 그걸 순순히 내버려 둘 정도로 양보심이 많은 카이저가 아니지."

하지만 1세트에서 응징의 치즈러시가 막혔다.

신도들로 시간을 번 뒤, 광신도와 배터리 충전실을 끼고 농성.

치즈러시를 막기 위한 훈련을 수없이 했음이 느껴지는 지우펑의 디펜스였다.

그래서 이번에는 치즈러시가 아니라, 2기갑 빌드로 타이밍을 노릴 거라고 예측한 것이다.

"순순히 생 더블을 성공시켜 자원상의 이득을 챙겨가게 양보하기에는 카이저의 자존심이 허락지 못하지."

그게 독이 됐다.

지우펑도 SC스타즈의 전략연구팀도 예측하고 있었다.

지우펑은 또 배터리 충전실을 끼고 광신도와 거신병기로 농성을 펼쳤다.

이신의 타이밍 러시를 다 예측한 디펜스 태세였다.

이신의 공격력 또한 매서웠다.

기동포탑의 긴 사거리를 이용해 포격을 하고, 고속전차가 치고 빠지고 압박했다.

보병들이 진을 치고 지우펑을 숨 막히게 했다.

하지만 배터리 충전실을 끼고서 사력을 다해 막아내는 지우펑이었다.

앞마당이 없는 이신은 이번에도 물러설 수가 없는 상황.

더욱 자원을 쥐어짜서 병력을 뽑아내 공격을 퍼부었다.

한때, 기동포탑이 앞마당 확장 기지를 포격할 정도로 가까이까지 접근했을 정도.

하지만 끝내 압박을 풀어낸 것은 바로 암흑사제였다.

암흑사제가 생산되자 농성을 벌이던 지우펑이 일제히 뛰쳐나와 반격했다.

이신은 역습을 받고 서서히 밀려났다.

끝내 지우펑의 숨통을 끊는 데 실패하니, 자원이 서서히 달리기 시작한 것이다.

"그리고 지우펑은 유리한 자원 상황을 아주 잘 이용할 줄 알지."

암흑사제로 이신을 휘둘러서 회복할 여유를 주지 않았다.

그러면서 지상군 물량을 뽑아서 대대적인 공세를 취했다.

자원 부족에 암흑사제에 대한 방어까지 해야 했던 이신은 그 공세를 막을 여력이 없었다.

믿을 건 오직 고속전차밖에 없었지만, 지우펑은 아주 병적일 정도로 게릴라에 대한 대비가 되어 있었다.

"Kaiser2017과 대전한 효과가 있군."

왕춘 감독은 흐뭇하게 웃으며 대형화면에 나오는 지우펑을 바라보았다.

정말 많이 훈련했다.

저렇게까지 상대에 대한 대비가 잘될 수가 있을까?

결국 스코어는 2—0.

―지우펑이 저 카이저에게서 2승을 빼앗았습니다.

―놀라지 마십시오. 지금 2세트가 끝났고, 스코어는 2—0입니다. 지고 있는 쪽은 카이저입니다!

―완전히 수세에 몰렸습니다. 지우펑 선수가 준비한 전략에 모든 공격이 막혔어요.

"모두 막혔다. 이제 지우펑의 생 더블에 대하여 손해 보지 않고 동등하게 시작할 방법은 하나뿐이다."

3세트가 시작되었다.

"똑같이 생 더블을 시도하는 것."

이신은 생 더블을 시도했다.

"이로서 카이저는 완전히 궁지에 몰렸다."

그리고 지우펑은 생 더블을 하지 않았다.

대신 맵 중앙까지 나온 지우펑의 신도가 그곳에 참회실을 지었다.

센터 참회실.

극초반부터 광신도로 찔러서 피해를 입히는 전략이었다.

맵 중앙에 참회실을 지어서 생산된 광신도가 최단거리로 상대의 진영에 빨리 도달하게 한다.

인류의 생 더블에 대한 완벽한 카운터였다.

이렇게까지 카이저가 심리전에서 궁지에 몰린 적이 있었을까?

기적이 일어난다면 바로 오늘이라고 왕춘 감독은 확신했다.

왕춘 감독의 기억 속에, 울분과 독기를 마음속 깊숙이 간직하고 있던 어린 소년이 있었다.

그 어린 나이 소년에게 이미 게임은 놀이가 아니었다.

숙소의 또래 연습생들 중 오직 그 소년만 지독하고 치열하고 필사적이었다.

왕춘 감독은 그 소년에게 애착을 갖지 않을 수가 없었다.

웃을 줄을 모르는 소년이 안쓰러워서, 어떻게든 성공하게 해주고 싶었다.

'신이시여.'

왕춘 감독은 이 세계의 신이라 불리는 남자를 바라보았다.

신은 이제 막 상대에게 광산 러시를 당한 참이었다.

인류로 하여금 광산에 제철소를 짓지 못하게 함으로서 테크 트리가 늦어지게 만드는 것이었다.

대개 초반의 광신도 찌르기와 병행되는 전술이었다.

'이 정도면 되었잖습니까.'

오늘만큼은 팀의 감독이 아닌, 자식의 성공을 바라는 아버지처럼 왕춘 감독은 빌었다.

'이 정도면 지우펑이 이겨도 되는 거잖습니까.'

설사 3-0으로 진다해도 당신의 위대함이 사라지는 것은 아니잖습니까.

마침내 지우펑의 광신도가 출발했다.

신도 1명과 함께 이신의 진영으로 달려간다.

왕춘 감독은 주먹에 땀을 쥐며 지켜보았다.

이신은 물론 알아차렸다.

앞마당 통제사령부 건물 바로 옆에 병영을 지었다.

저렇게 건물을 붙여 지으면, 보병은 통과할 수 있지만 몸집이 큰 광신도가 통과하지 못한다.

광신도의 급습을 막기 위한 심시티인 것이다.

또한 광산 러시를 당한 직후, 곧바로 앞마당의 광산에 제철소를 건설했다.

광물 자원 채집이 늦어지면 테크 트리도 늦어지고 패배로 이어지기 때문이다.

하지만 생 더블이다 보니 보병의 생산이 너무 늦었다.

이미 광신도 1기와 신도 1기가 지척까지 도달했는데 말이다.

그런데 바로 그때였다.

우르르.

이신의 본진에서 건설로봇들 5기가 일제히 뛰쳐나왔다.

—카이저가 뛰쳐나옵니다.

—아직 시야에 보이지도 않는데 이미 상대가 지척까지 다가왔다는 걸 알고 있습니다.

—상대가 센터 참회실을 했을 때, 지금쯤 거의 도달했을 거라고 계산이 되고 있는 겁니다. 실로 무서운 타이밍 감각입니다.

우르르 뛰쳐나온 건설로봇들.

광신도와 신도가 덤벼들었다.

광신도가 앞장서서 칼날을 휘두르고, 뒤따르는 신도가 2칸 거리에서 공격하며 보조한다.

그런데 그때였다.

건설로봇들은 놀랍게도 광신도를 그냥 통과해 버렸다.

말 그대로 통과.

광신도를 없는 취급하며 그냥 통과해 버리고, 뒤따르는 신도를 에워싸서 공격했다.

—퍼엉!

신도가 허망하게 잡혀버렸다.

"오오!"

탄성이 경기장에 터져 나왔다.

광신도가 쫓아와서 칼날을 휘둘렀다.

그러나 건설로봇들은 이번에도 또다시 그냥 광신도를 통과해 버리고 본진으로 돌아갔다.

임무를 완수했다는 듯, 다시 본진에서 자원을 채집한다.

왕춘 감독은 소름이 끼쳤다.

저건 일꾼 비비기 컨트롤이었다.

생산 유닛은 자원을 클릭했을 때, 다른 유닛이 가로막고 있어도 방해 받지 않고 그냥 통과한다.

건물이나 지형이 가로막으면 통과하지 못하지만, 다른 유닛이 길을 막는 것은 통과 가능했다.

이는 일종의 버그라고 할 수 있었다.

어쩔 수 없는 것이, 그렇게 해놓지 않으면 생산 유닛들이 자원을 채집하다가 서로 부딪치고 방해되어서 엉망진창이 되는 것이다.

발동 조건은 해당 자원이 시야에 밝혀져 있을 것.

프로게이머는 이를 플레이에 이용한다.

만약에 상대 진영이 시야에 밝혀져 있고, 상대 본진 안에 있는 자원을 클릭한다면?

그러면 생산 유닛이 어떤 방해도 받지 않고 상대의 진영에 들어갈 수 있다.

또한 디펜스에도 활용 가능했다.

저렇게 이신처럼.

지우펑의 앞마당에 이신이 정찰 보냈던 건설로봇 1기가 있었다.

정확히는 앞마당의 자원 지역에 멀뚱히 서 있었다.

'자원을 시야로 밝히기 위해서다.'

일꾼 비비기를 앞뒤로 자유자재로 펼치기 위해 저곳에 건설로봇 하나를 갖다놓고 시야를 밝힌 것이다.

지우펑의 광신도는 고전을 면치 못했다.

통제사령부와 병영 사이를 오가며 총을 쏘는 보병.

광신도는 보병을 잡기 위해 이리저리 움직여보지만, 보병은 약삭빠르게 두 건물 사이를 통과하며 총을 쏴댔다.

하는 수 없이 지우펑은 보병을 무시하고, 광신도를 본진으로 침투시키기로 했다.

하지만 광신도가 본진으로 들어가려 할 때였다.

"와아아아아!!"

"와우!"

경기장에 또다시 터진 함성.

건설로봇들이 또다시 일꾼 비비기를 펼쳐서 출입구를 통과하려던 광신도를 아예 꼼짝달싹 못하게 에워싼 것이다.

그리고 보병이 멀리서 총을 쐈다.

추가 생산된 보병이 함께 쐈다.

이신은 광신도에게 얻어맞은 건설로봇을 하나씩 빼주면서 세심한 컨트롤을 선보였다.

―크아악!

광신도가 죽었다.

단 1기의 보병도 건설로봇도 잃지 않고 막아낸 것이다.

이어서 광신도 또 하나가 다가왔다.

하지만 이신은 계속해서 건설로봇들로 신들린 블로킹을 펼치며 막았다.

—오 마이 갓! 지금 보이십니까? 광신도가 2기째입니다. 광신도 2기, 신도 1기가 아무 소득도 없이 처치당했습니다.

—정말 놀라운 카이저의 컨트롤! 오히려 아무 타격도 받지 않고 테크 트리를 빠르게 올리고 있습니다.

지우펑은 계속 광신도를 투입했지만, 계속해서 막혔다.

광신도 3기째!

소득은 전무!

이신은 건설로봇 단 한 기도 내주지 않고 막아버린 것이다.

이어진 것은 도리어 역습.

기동포탑이 생산되자 보병들과 함께 전진했다.

맵 중앙에 지어져 있던 참회실과 생명석을 부수고 계속 전진했다.

이신은 병력을 계속 쏟아냈다.

앞마당까지 지우펑을 조이고 압박해 끝내 승리를 거뒀다.

이제 스코어는 2—1.

지우펑의 표정이 썩 좋지 않았다.

3세트 시작 때만 해도 거의 이긴 승부였다.

2—0의 상황에서 빌드 오더에서 이기고 들어갔으니 말이다.

그런데 말도 안 되는 컨트롤로 전세를 뒤집어 버렸다.

서서히 카이저가 반격의 바람을 불러일으키고 있었던 것이다.

준비했던 완벽한 승리의 시나리오가 살짝 틀어지자 지우펑은 화가 치밀었던 모양이었다.

4세트를 시작하자마자 지우펑은 또다시 예의 생 더블을 꺼내 들었다.

모든 타이밍을 막아낼 수 있는 무적의 생 더블을.

"안 된다!"

왕춘 감독이 저도 모르게 소리쳤다.

"카이저는 그 약점을 알아차렸어!"

상대 진영의 자원 지역에 생산 유닛을 갖다놓고 시야를 밝히는 것.

그걸 이용해 일꾼 비비기로 상대의 치즈러시를 효과적으로 막아내는 것.

지우펑이 1세트 때 이신의 치즈러시를 막아낼 수 있었던 비결이 들통 났다.

이신이 3세트에서 똑같이 사용했으니까.

그 증거로,

—건설로봇이 맵 센터로 향합니다! 하나 더 향하는데, 이건 설마!

—센터 2병영입니다! 아예 작정하고 승부를 보기로 합니다.

맵 중앙에 병영 2채를 짓기 시작하는 이신.

이건 뒤가 없는 승부수였다.

상대에게 손실을 입혀 유리한 운영을 하기 위한 치즈러시가 아니라, 상대의 숨통을 끊지 못하면 무조건 자신이 패배하는 벼랑 끝 승부수였다.

지우펑의 앞마당을 발견했을 때, 이신은 웃고 있었다.

이제 심리상으로도 이신이 지우펑을 앞지르고 있었다.

＊　　　　＊　　　　＊

이신은 첫 생산된 보병을 오히려 본진으로 되돌려서 본진 출입구에 세워놓았다.

그리고 지우펑이 정찰 보낸 신도가 나타났을 때, 보병이 총을 쏘며 쫓아냈다.

─투타타타!

달아나는 신도를 보병이 끈질기게 쫓았다.

핵심 포인트는 지우펑의 신도가 자원 지역의 시야를 밝히지 못하게 차단하는 것.

그래야 일꾼 비비기를 양방향으로 쓰지 못한다.

결국 정찰에 실패한 지우펑은 이신의 센터 2병영 전략을 알아차리지 못했다.

그저 일찍 생산된 보병을 보고 8병영 정도로 짐작했을 따름이었다.

생각해 보면 한 판만 더 지면 패배하게 되는 이신이 미래가 없는 올인 전략을 쓸 거라고 짐작하는 게 더 이상했다.

하지만 곧 3기의 보병과 다수의 건설로봇들이 지우펑의 앞마당에 들이닥쳤다.

지우펑은 신도들을 다수 동원해 맞서 싸웠다.

하지만 2병영에서 생산되는 보병 숫자는 지우펑의 예상을 훌쩍 뛰어넘었다.

'빌어먹을!'

지우펑은 이를 악물었다.

설상가상으로 일꾼 비비기도 여의치 않았다.

이신의 보병 하나가 지우펑의 정찰용 신도를 끈질기게 쫓아다니더니, 기어코 죽이는 데 성공한 것이다.

하는 수 없이 소수 유닛의 정면 대결이었다.

'반드시 이긴다!'

지우펑은 신도들을 부채꼴로 펼치고, 그대로 감싸듯이 이신을 덮쳤다.

―투타타타!

―아악!

신도 하나가 보병들의 집중사격에 죽었다.

'보병의 숫자가 너무 많아!'

하다못해 일꾼 비비기라도 써먹을 수 있었더라면!

그러면 건설로봇들의 블로킹을 무시하고 보병들을 손쉽게 잡아 죽일 수 있었으리라.

지우펑은 이를 악물었다.

판단은 과감하고 빨랐다.

싸우지 않고 본진으로 썰물처럼 퇴각하는 신도들.

앞마당을 포기한 것이다.

결국 생 더블은 실패.

일찍 구축했던 앞마당의 확장 기지는 이신에 의해 박살 났다.

도리어 그 자리에 이신이 참호와 군량고를 지으며 심시티를 구축했다.

아예 본진에서 나오지 못하도록 밀봉시키는 것.

'침착하자.'

급격히 불리해졌지만, 아직 희망은 있었다.

지우펑은 철갑충차를 준비했다.

확산 대미지를 입히는 충격탄을 쏘며 많은 변수를 만들어내는 철갑충자라면 역전도 일으킬 수 있다고 생각했다.

하지만,

─철갑충차 견제로 일발 역전을 노려보려는 지우펑! 하지만 이신은 그보다 더 빨리 승부를 낼 생각입니다.

이신은 테크 트리를 올려서 최단 시간에 항공수송선을 생산했다.

고속전차, 기동포탑 등을 전부 무시하고 말이다.

더욱이 군사학교를 짓고 의무병과 화염방사병을 추가했다.

보병의 사거리 업그레이드와 각성제를 개발했다.

즉, 병영 병력에 더 힘을 준 것!

항공수송선이 생산 완료되자 이신이 게임을 끝내기 위해 나섰다.

갑자기 반대편에서 나타나 병력을 드롭하는 항공수송선.

드롭한 보병들이 지체 없이 각성제를 흡입 후, 질풍처럼 신도들을 덮쳤다.

—투타타타!

—으악!

—아악!

식량 자원을 채집하다가 죽어 나가는 신도들.

동시에 출입구 쪽에서도 이신이 공격을 개시했다.

안팎에서 동시에 펼쳐진 양방향 총공격!

'병영 체제라니!'

지우펑은 깜짝 놀랐다.

당연히 기동포탑으로 포격하며 더 강하게 조일 거라고 생각했는데, 허를 찔렀다.

강력한 체력과 공격력을 가진 우주깡패 광신도와 비교하면 턱없이 약한 보병.

하지만 의무병이 치료를 해주고, 각성제를 흡입하며 덤비니 무서웠다.

게다가 화염방사병은 범위 공격이 막강하므로 가장 먼저 죽여야 했다.

—크아아!

화염방사병도 각성제를 흡입하고 덤볐다.

광신도들이 몰려와 린치를 가하려 했지만, 둘러싸이는 걸 피해 왼쪽으로 돌아서서 화염을 뿜는다.

치열한 공방.

각성제 먹고 날뛰는 발빠른 병영 병력은 이신의 유려한 컨트롤 능력을 극대화시켰다.

그때, 철갑충차가 생산 완료되었다.

'다 죽여주마!'

철갑충차가 쏘는 충격탄은 강력한 확산 대미지를 입히므로, 약한 보병들은 한 방에 떼로 몰살시킬 수 있었다.

지우펑의 반격이 시작되었다.

수송기가 느린 철갑충차를 태우고 날아다니며 적당한 지점에 다시 드롭시켰다.

내리자마자 충격탄을 발사!

그리고 그 순간,

파파팟!

이신의 손이 번개같이 움직였다.

뭉쳐 있던 보병들이 뿔뿔이 흩어졌다.

—보병 산개 컨트롤!

—아, 예술입니다! 보병들이 사방으로 흩어지는 것 좀 보세요!

해설진도 관중도 감탄했다.

—펑!

—으악!

산개 컨트롤로 인하여 충격탄은 고작 보병 1명밖에 죽이지 못했다.

이신의 집중력은 최고조였다.

철갑충자가 충격탄을 쏘는 순간마다, 그의 손이 급격히 빨라

진다.

삽시간에 보병들을 뿔뿔이 흩어지게 만들어버린다.

그리고 오히려 보병들이 철갑충차를 집중사격.

지우펑도 손길이 빨랐다.

철갑충차를 수송기에 태우고 피신시킨다.

보병들이 수송기를 향해 총을 쐈지만, 총격을 피해 날아다니며 아슬아슬한 곡예를 펼쳤다.

그러면서 계속 철갑충차를 내렸다가 충격탄을 쏘자마자 다시 태우고 달아나기를 반복!

그런 유려한 컨트롤을 펼치면서도, 동시에 광신도와 거신병기도 컨트롤하니 지우펑도 상당히 바쁘게 멀티태스킹을 펼치는 것이었다.

지우펑은 미친 듯한 철갑충차 컨트롤로 이신의 병력을 죽였다.

하지만 상황이 점점 악화됐다.

이신은 항공수송선으로 계속 병력을 투하하고 있었다.

값싼 보병쯤은 얼마든지 뽑을 수 있기 때문에, 생산되자마자 각성제 빨고 지우펑의 진영으로 달리는 진풍경이 계속 벌어지고 있었다.

게다가 놀랍게도 이신은 아예 지우펑의 앞마당에 병영을 하나 더 짓고 보병을 생산했다.

그것은 승부에 쐐기를 박는 것이었다.

꾸역꾸역 병력을 생산해 몰아치는 이신.

지우펑의 신들린 철갑충차가 20킬을 넘겼으나, 더는 버틸 겨를이 없었다.

　─지우펑 선수 GG!

　─패패승승! 조짐이 심상치 않았던 경기를 기어코 2—2 동점 스코어로 되돌려놓는 카이저입니다!

　─이제 5세트에서 두 선수의 희비가 교차됩니다.

　역시나 특출한 프로게이머임을 경기장에서 증명하는 이신이었다.

　3, 4세트의 승리 모두 흔히 볼 수 없는 특이한 싸움이었던 것.

　아무리 불리해도 어떻게든 승리를 만들어낼 줄 아는 특별함.

　플레이에 항상 남다른 무언가가 있다.

　이것이 아직까지도 세계 최고의 인기를 구가하는 비결이었다.

　허탈한 표정을 짓고 있는 지우펑.

　승부는 다시 원점.

　이제 한 번만 더 지면 지우펑의 2021년 월드 SC 그랑프리 여정은 끝난다.

　선수 대기실로 돌아온 지우펑은 주먹을 휘둘러 라커룸을 후려쳤다.

　쾅!

　"빌어먹을!"

　다 이긴 승부였다.

　3세트가 시작되었을 때까지만 해도 모두 준비한 시나리오대로였다.

이렇게 틀어지다니.

여기까지 와놓고!

"진정해. 화낼 시간에 5세트 준비해야지."

코치가 그를 달랬다.

지우펑은 이를 악물었다.

"뭘 해야 할지 모르겠어요. 퍼펙트 더블은 깨졌다고요!"

퍼펙트 더블.

지우펑이 준비한 생 더블 빌드 오더를 뜻하는 명칭이었다.

상대의 모든 타이밍을 다 막아낼 수 있는 생 더블 빌드라는 뜻에서 그렇게 지었다.

하지만 결과적으로는 실패였다.

4세트에서 이신은 치즈러시로 그것을 깨뜨려 버렸다.

이제 지우펑은 퍼펙트 더블을 다시 시도하기 힘들게 되었다.

설마 4세트에 이어 5세트에서도 카이저가 치즈러시를 시도할까?

장담 못한다.

카이저라면 그럴지도 몰랐다.

이미 한 번이라도 더 지면 끝장일 때 센터 2병영 전략을 쓸 정도로 대담한데, 무슨 장담을 할 수 있단 말인가.

"침착하고 잘 생각해 봐. 카이저는 오늘 널 상대로 운영 대결로 이긴 적이 없어."

"……."

그제야 지우펑은 냉정을 되찾았다.

듣고 보니 그랬다.

3세트는 자신의 센터 참회실 광신도 찌르기를 완벽하게 막아 낸 경이로운 컨트롤.

4세트는 치즈러시로 허를 찌르고, 다시 병영 체제와 항공수송 선 드롭으로 또 허를 찔러서 승리를 챙겼다.

'정상적인 운영 대결의 승부는 없었다.'

코치가 계속 말했다.

"여태껏 카이저를 이긴 사례는 운영 승부에서 이긴 경우가 대부분이야."

"정면 승부를 하라고요?"

"그래. 정석 빌드 오더로 제대로 결판 짓자. 네 진짜 특기를 보여줘야지."

빈틈없는 운영.

그것이 지우펑의 진정한 특기였다.

오늘 지우펑은 아직 카이저에게 그것을 보여주지 못했다.

지우펑은 눈을 감았다.

침착하게 마음을 다스렸다.

'그래. 마지막 싸움은 정면 대결이다. 결국 실력 대 실력의 대결로 널 이기지 못하면 의미가 없지.'

진정한 승리를 원했다.

그것만이 불가능에 도전하는 지우펑의 의지에 가치를 준다.

휴식 시간이 금방 끝났다.

지우펑은 5세트 전략을 마음속으로 복기하며 무대로 걸음을 옮겼다.

흠칫.

지우펑은 문득 걸음을 멈추고 퍼뜩 뒤를 돌아보았다.

뒤에는 코치가 따라오고 있었다.

"왜 그래?"

까닭 없이 목 부근이 욱신거렸다.

어릴 적에 술 취한 아버지가 가장 많이 때렸던 곳이었다.

'왜 뜬금없이?'

지우펑은 고개를 저었다.

"…아뇨, 아무것도요."

다시 가던 걸음을 재촉했다.

이제 승부가 끝나려 하고 있었다.

*　　　　　*　　　　　*

'5세트는 정석.'

이신은 지우펑 측의 생각을 완전히 꿰뚫어 보고 있었다.

오랜 세월 다전제 대결을 치르고 또 승리하면서 체득한 본능이었다.

상담사가 오랜 상담 경험을 통해 내담자의 심리를 꿰뚫어 보듯이 말이다.

자존심 강하고 자신의 노력이 이룩한 실력에 대한 긍지가 높은 지우펑.

그가 거의 승리를 목전에 두었다가 다시 원점으로 돌아와 최후의 싸움을 앞두었다면 어떤 생각을 할까?

생 더블은 다시 꺼내지는 않을 것이다.

이미 충분히 재미를 보았고, 4세트에 치즈러시로 공략 당했으니 또 욕심내지는 않을 것이다.

그렇다고 3세트에서 완벽하게 막혔던 센터 참회실 같은 초반 기습 전략을 시도하지도 못할 터.

그렇다면 자신이 여태껏 가장 많이 펼쳤던 정석 빌드 오더가 나온다.

종족 선택부터 전략 선택까지 수많은 선택지가 있는 이신을 상대로 지우펑의 최선은 결국 그것이다.

'그렇다면 제대로 붙어주지.'

*　　　　　*　　　　　*

5세트가 시작되었다.

맵은 약속의 땅.

넓고 자원이 풍부한 맵이며, 맵 중앙 또한 넓은 평지라 신족이 다수 병력을 펼치고 싸우기 좋았다.

시작은 두 사람 모두 정석.

이신은 기갑정거장을 짓고서 앞마당 확장 기지를 짓기 시작.

지우펑 또한 테크 트리를 올려 거신병기 1기를 생산한 뒤에 앞마당 확장 기지를 지었다.

생산된 지우펑의 거신병기가 정찰을 다녔다.

거신병기가 막 생산되어 적진으로 향하던 고속전차와 맵 중앙에서 딱 마주쳤다.

—펑!

고속전차를 레이저빔으로 후려치는 거신병기.

고속전차는 싸우지 않고 유유히 옆으로 비켜나 사라졌다.

하지만 이리저리 돌아다니는 고속전차의 숫자가 점점 늘어났다.

지우펑 역시 거신병기를 계속 생산하며 고속전차의 견제로부터 디펜스에 들어갔다.

첫 견제 시도.

고속전차 2기가 지우펑의 앞마당까지 침투했다.

하지만 앞마당 앞에 서 있던 거신병기가 가로막았다.

스피드 업그레이드가 된 고속전차 2기는 무시하고 들어가 앞마당에서 일하는 신도들을 사냥하려 했다.

하지만 타이밍 맞춰 뒷걸음질로 무빙을 당긴 거신병기가 블로킹에 성공.

가로막힌 고속전차들은 욕심 부리지 않고 물러섰다.

하지만 이제 시작이라는 것을 지우펑은 알고 있었다.

이신의 장기가 펼쳐질 터였다.

제8장

눈물

　사방에 지뢰를 매설하며 맵 전체에 시야를 밝혀놓는 이신.

　하지만 거신병기들이 정찰기와 함께 움직이며 매설된 지뢰들을 제거했다.

　두 사람의 꼼꼼함이 맞붙었다.

　이신은 끊임없이 고속전차로 돌아다니며 파고들 빈틈이 있는지 물색했다.

　하지만 지우펑은 모든 길목에 거신병기를 배치.

　거신병기들이 만리장성처럼 일렬로 배치되어서 지우펑의 영역 전체를 보호하는 형태를 띠었다.

　고속전차가 파고들 수 있는 루트가 전혀 보이지 않았다.

　ㅡ지우펑이 정말 치밀하게 카이저의 견제 플레이를 원천봉쇄

합니다. 저러면 파고들 구석이 없죠?

—예, 카이저도 지뢰를 다 소모한 고속전차로 파고들기를 시도합니다만, 소득 없이 거신병기에게 파괴당합니다.

이신은 지뢰로 맵 장악을 하는 한편, 지뢰를 다 소모하여 쓸모없어진 고속전차로 끊임없이 공격을 시도했다.

하지만 모든 견제가 다 거신병기에게 가로막혔다.

—지우펑이 계속 몸집을 불리고 스노우 볼을 굴리며 병력을 키우고 있습니다. 카이저도 슬슬 적의 확장에 제동 걸고 싶을 텐데요?

—하지만 지우펑에게 빈틈이 안 보입니다. 카이저와의 일전을 단단히 준비하고 온 모습이죠.

이신도 조급하지는 않았다.

지우펑이 무의미하게 확장만 반복하지는 않을 것이다.

자원이 풍족해도 병력 숫자는 어차피 인구수 제한으로 한정되어 있다.

더 확장 기지가 늘어봤자 수비해야 할 영역만 더 많아질 뿐.

'조만간 병력 교환을 하러 온다.'

한차례 공격을 시도해서 서로 병력 소모를 할 것이다.

자원 우위와 물량 회전력을 활용한 소모전은 필수였다.

인류가 풀 병력을 모아 진출하는 것을 늦춰야 하기 때문이다.

이신에게도 그때가 기회였다.

그때는 지우펑도 빈틈이 생길 수밖에 없다.

또한 소모전을 위한 전투에서 대승을 거두어도 전황은 유리해진다.

그 순간을 위하여 이신은 다각도로 설계를 시작했다.

일단 진영 곳곳에 지뢰를 깔아서 아바타의 소환 마법으로 침투해오는 것을 대비.

그리고 고속전차 4기를 항공수송선에 태워서 드롭을 준비했다.

또한 일부의 고속전차는 9시 지역에 숨겨 대기시켜 놓았다.

지우펑이 치고 들어오는 순간, 동시에 이신의 역습도 시작될 것이다.

이제 문제는 하나.

정면이냐, 아바타의 소환 마법이냐?

지우펑이 어떤 선택을 하느냐가 관건이었다.

'와봐. 벌써 겁먹은 건 아니겠지?'

                    *   *   *

'오냐, 간다.'

이신이 기다리고 있다는 걸 알고 있었다.

첫 아바타가 생산되었고, 소환 마법을 펼칠 수 있을 만큼의 마법 에너지도 채워졌다.

지우펑은 마침내 모은 전 병력을 끌고 나섰다.

거신병기와 광신도가 우르르 맵 센터에 집결했다.

이윽고 이신의 7시 진영을 향해 움직였다.

학익진 형태로 배치된 기동포탑들과 이를 호위하는 고속전차들. 전술위성 1기도 보이며, 앞에 지뢰가 잔뜩 매설된 것도 정찰기를 통해 확인됐다.

그때,

—펑!

기계보병 3기가 앞으로 걸어 나오더니 정찰기를 삽시간에 격추시켜 버렸다.

투명해서 보이지 않는 정찰기지만, 전술위성을 통해 포착하자마자 이신은 기계보병을 보내 터뜨려 버린 것이다.

'이런 제길.'

세삼한 부분도 놓치지 않는 이신의 날카로운 대응.

정찰기가 없으면 땅에 매설된 지뢰를 볼 수가 없다.

하지만 지우펑은 주저하지 않았다.

공격!

광신도들이 저돌적으로 달려들었다.

광신도들이 접근하자 지뢰들이 일제히 땅속에서 튀어나와 날아들었다.

그 순간, 지우펑은 광신도들을 마구 산개시키며 어떻게든 기동포탑들에게 달라붙게 했다.

—퍼퍼퍼펑!

—퍼엉! 퍼어엉!

—으악!

—아아악!

지뢰에 의해 몰살당하는 광신도들.

또한 기동포탑들의 포격에 의해서 죽은 광신도들도 있었다.

하지만 멈추지 않았다.

살아남은 광신도 몇 명이 지뢰를 끌고 기동포탑들에게 접근하는 데 성공했다.

—퍼어어엉! 퍼어엉!

쫓아온 지뢰에 의해 주변에 있던 고속전차 등이 광신도와 함께 폭발에 휘말렸다.

뒤이어서 거신병기들이 다가와 레이저빔을 쐈다.

기동포탑들도 포격으로 맞대응했다.

—아, 좋지 않습니다. 앞장서서 포격을 맞아줘야 할 광신도들을 너무 빨리 소진했어요.

—광신도만 소모하고 거신병기들을 잃지 않고 그냥 빼는 게 나을 텐데요?

그런데 바로 그 순간이었다.

—파아앗!

"오오오오!"

"와아!"

"아바타!"

관중들이 탄성을 터뜨렸다.

9시 지역의 이신의 확장 기지.

어느새 그곳으로 파고든 지우펑의 아바타가 소환 마법을 펼쳤다.

소환 대상은 바로 전투를 치르던 거신병기들!

광신도가 소모되어서 기동포탑의 포격에 노출된 거신병기들이 9시로 소환된 것이다!

—어쩐지 아바타 소환 타이밍을 기다렸다가 공격했는데, 왜 아바타를 안 쓰나 했어요!

—이거였군요. 지우펑, 좋은 작전입니다. 카이저의 지상군을 7시 수비에 묶어놓고 소환 마법으로 자기 병력을 9시에 침투시켰어요.

—추가 생산된 광신도들도 9시로 달립니다. 이 타이밍까지 치밀하게 설계된 작전이었습니다.

그랬다.

새롭게 생산된 광신도들은 9시로 달리고 있었다.

그러면 그곳에 소환된 거신병기와 합류하여서 강력한 공격을 펼칠 수 있는 것.

물론 이신이 9시 확장 기지에 대한 수비를 허술하게 한 것은 아니었다.

소환 마법에 대비하여 지뢰를 잔뜩 매설해 뒀다.

하지만 지우펑은 정찰기로 9시의 지뢰 매설 현황을 꼼꼼히 살핀 뒤, 최대한 지뢰가 없는 지점에 절묘하게 소환을 펼쳤다.

—파지지직! 파지직!

거신병기들이 레이저빔을 쐈다.

자원 채집을 하던 건설로봇들은 그 즉시 피난길에 올랐다.

통제사령부 건물도 공중에 떠워진 채 느릿느릿하게 날며 도주.

거신병기들은 통제사령부 건물을 집중적으로 일점사했다.

—통제사령부! 통제사령부를 부수면 큰 이득 챙기는 겁니다!

위기가 닥치자, 이신은 7시를 수비하던 지상군 병력을 9시로 보냈다.

하지만 이번에는 먼저 진용을 갖춰 기다리는 쪽은 지우펑이었다.

급히 달려오느라 진형을 갖추지 못한 이신의 병력은 아까보다 위력이 덜했다.

합류한 광신도들이 다시 앞장서서 돌격.

거신병기들이 뒤따르며 레이저빔을 쏜다.

이신은 기동포탑을 다시 포격모드로 전환시키는 한편, 고속전차로 접근하는 광신도들을 일점사했다.

—퍼엉! 펑!

—으악! 아아악!

고속전차와 광신도가 계속 죽어나갔다.

지우펑은 추가 생산된 광신도를 계속해서 공격에 투입했다.

마치 광기신족 최영준을 연상케 하는 어마어마한 물량 공세!

이신은 그 물량 공세에 밀려 패퇴했다.

기동포탑들의 포격모드를 풀고 일제히 후퇴. 9시 확장 기지를 포기하기로 결정한 것이다.

고속전차로 지뢰를 매설해 추격을 방지하는 센스도 보였다.

하지만 광신도들은 지뢰고 뭐고 전부 무시하고 그냥 달렸다.

그러는 동안 거신병기들은 통제사령부 건물을 부수는 데 성공했다.

이제 이신은 확장 기지를 재구축하려면 통제사령부를 다시 지
어야 한다.

—지우평의 호쾌한 진격! 9시 확장 기지를 날려 버렸고, 거기
서 멈추지 않고 카이저의 병력까지 잡아먹을 생각입니다.

—확장 기지 날린 것만도 성공인데 병력까지 소모시키면 최고
의 시나리오죠!

그런데…….

—퍼퍼펑!

쫓아온 지우평의 병력들이 문득 포격을 받아 죽었다.

'……?!'

지우평은 깜짝 놀랐다.

강 건너에서 포격을 하고 있는 기동포탑 3기를 발견했다.

'그 와중에 저기다가도 기동포탑 배치를!'

위기에 빠진 9시를 구하려고 다급히 온 줄 알았는데, 그 와중
에 기동포탑 몇 기를 따로 빼서 허를 찌르는 배치를 한 것!

강 건너에서 계속 포격을 하자 지우평도 피해가 커졌다.

지우평은 추격을 중단하고 병력을 철수했다.

그런데 기동포탑은 그 근처에도 2기가 배치되어 있었다.

지우평이 후퇴하자 재빨리 퇴로에 기동포탑을 배치한 이신의
초특급 센스였다.

결국 후퇴했을 때, 지우평은 병력의 7할가량을 잃었다.

"오오오!"

관중석에서 박수가 터져 나왔다.

피차 멋진 전술을 보여준 두 선수에 대한 격찬이었다.

─카이저는 역시 카이저였습니다. 그 와중에 급소를 찌르는 기동포탑 배치로 지우펑의 병력을 잡아먹었습니다.

─하지만 유리한 건 지우펑입니다. 확장 기지를 잃은 것이 카이저로서는 너무 큰 피해였습니다.

─지우펑이야 병력을 다시 복구하는 건 금방입니다. 먹는 자원이 많으니까요. 하지만 인류는 피해 복구가 신족처럼 빠르지 않죠.

─무언가 더 회심의 일격을 펼쳐서 만회하지 않으면……!

그때였다.

항공수송선이 지우펑의 1시 확장 기지에 나타났다.

항공수송선에서 고속전차 4기가 내려서 신도들을 학살하기 시작했다.

─와우! 카이저도 준비한 게 있었군요!

─12시! 12시도 뭔가가 가는 게 미니맵에 보입니다!

또 한 무리의 고속전차가 12시 확장 기지를 향해 질주했다.

다행히 지우펑은 12시 확장 기지의 출입구를 생명석으로 틀어 막은 상황.

그러나,

"와아아아아!"

관중이 거의 비명과도 같은 열광을 터뜨렸다.

생명석을 연결시켜 지어서 형성한 바리케이드.

그것을 이신은 지뢰 비비기 컨트롤로 건너뛰게 만들었다.

고속전차 2기가 안으로 들어가는 데 성공!

1시와 12시가 동시에 게릴라를 당했다.

지우펑은 그 두 지역에서 신도들을 대피시킬 수밖에 없었다.

확장 기지 2곳을 일시적으로 마비시킨 전과였다.

고속전차들은 도망치는 신도들을 집요하게 쫓아가며 계속 사살해 숫자를 줄였다.

숫자를 줄인 만큼 자원 채집량도 줄어들 수밖에 없었다.

결과적으로 서로 비슷한 피해를 입은 동등한 상황이 된 것이다.

—두 곳 동시 게릴라! 저게 카이저가 준비했던 설계였습니다.

—지우펑의 공격을 잘 막고서 저 게릴라가 들어갔다면 승기를 쥘 수 있었을 텐데, 지우펑의 공격 또한 매서웠던 탓에 서로 비등한 상태가 되었습니다.

—누가 더 피해를 빨리 복구하고 다시 병력을 모으느냐가 관건입니다.

—피해 복구가 빠른 쪽은 아무래도 신족이죠. 지어놓은 확장 기지가 많은 탓에 생산 유닛도 금방 충원되거든요.

—카이저는 6시 지역에 확장 기지를 다시 짓고 있습니다. 하지만 피해 복구 상황을 보면, 또 공격 주도권은 지우펑에게 있는 것 같은데요?

—이럴 때 더 활약하는 건, 예! 바로 카이저의 고속전차입니다.

항공수송선이 또 1시에 침투해 고속전차를 드롭했다.

항공수송선은 돌아와 기동포탑 1기와 고속전차 2기를 태워서 다시 12시에 나타났다.

바깥쪽에 기동포탑을 배치.

안쪽에 고속전차 2기를 드롭.

안팎에서 공격하는 멋진 그림을 완성시켰다.

지우펑은 게릴라를 당한 1시를 지킨 직후에 또 공격 받는 12시를 지켜야 해서 정신이 없었다.

아직 병력 규모는 덜 회복한 상황.

완전히 회복해서 다시 공격을 하기 전까지는 계속 이신의 게릴라를 감단해야 하는 상황.

욱신!

'큭.'

이신의 치열한 견제 플레이를 침착하게 막아내는 지우펑.

하지만 문득 다시 목 뒤쪽이 욱신거렸다.

아픈 건 아닌데, 묘하게 신경을 자극한다.

'왜 이럴 때 갑자기.'

지우펑은 이 감각이 정말 싫었다.

싫었던 어린 시절이 떠오른다.

정말 싫었던 건 아버지에게 맞아서 아팠던 게 아니었다.

참을 만했다.

단지, 친구들에게 맞아서 멍든 걸 들킨 게 부끄러웠다.

단지 그거였다.

부끄럽기 싫어서 아버지에게 야구 배트를 휘둘렀다.

'내게도 당신이란 존재는 딱 그 정도였던 거야!'

새로 생산된 아바타가 이신의 본진에 침투했다.

그리고 아직 얼마 안 되는 병력을 거기다가 소환해 버렸다.

―파아앗!

아직 서로 피해 복구가 제대로 이루어지지 않은 상황.

이 타이밍에 다시 소환 마법으로 공격을 펼칠 줄은 지우펑 외에 그 누구도 예상하지 못했다.

이신은 급히 병력을 본진까지 회군시켜 수비했다. 다행히 소환된 병력이 얼마 없었다.

하지만 문제는 그 얼마 안 되는 병력이 중장갑개발소를 공격한 것.

기갑 유닛의 공격력과 방어력 업그레이드를 개발 중인 건물 말이다.

다급히 돌아온 이신의 병력이 공격을 진압했지만, 지우펑은 아슬아슬하게 중장갑개발소 2채 중 하나를 깨부수는 데 성공했다.

덕분에 이신의 공격력 업그레이드가 지체되었다.

―저 타이밍에 소환을 다시 펼칠 줄을 누가 알았겠습니까!

―지우펑의 회심의 소환에 게임이 미궁 속으로 빠져듭니다!

집념에 찬 지우펑의 눈빛이 시퍼렇게 빛났다.

마지막 5세트.

승부는 미궁에 빠져 들고 있었다.

　　　　　*　　　　　*　　　　　*

　예상 못한 타이밍에 펼쳐진 지우펑의 기습적인 아바타 소환.

　공격력과 방어력의 업그레이드가 완료되는 타이밍을 노렸던 이신의 계획이 틀어졌다.

　하지만 지우펑도 다시 모으던 병력을 한차례 소비한 상황.

　이신은 즉시 치고 나갔다.

　이신 역시 아직 풀 병력이 아니었지만, 이 타이밍을 놓치면 지우펑에게 점수를 내주고 마는 셈이었다.

　이신은 당한 대로 즉시 되돌려주지 않으면 직성이 안 풀리는 스타일이었다.

　─카이저가 치고 나옵니다!

　─지우펑 선수는 아직 병력이 충분히 않습니다.

　─여유가 있는 건 아바타뿐인데요? 버틸 수 있을까요?

　─확장 기지 하나만 내주고 막으면 잘 막은 겁니다. 하나도 안 내주고 병력을 역으로 싸먹으면 최고의 시나리오겠죠!

　─자, 카이저는 1시로!

　이신의 지상군이 가파른 속도로 맵을 대각선으로 가로지르며 1시 지역으로 향했다.

　가장 최근에 구축되어서 자원이 쌩쌩한 지우펑의 확장 기지를 먼저 쳐부수기로 한 것이다.

　앞장서서 움직이는 건 역시나 이신의 돌격대인 고속전차들.

　11시에서 1시로 이어지는 경로에 지뢰를 매설했다.

11시 본진에서 생산되는 지우펑의 병력이 1시를 구하러 오는 경로를 차단시키는 치밀함이었다.

이신은 방해받지 않고 1시에 도달했다.

선두에 있던 기동포탑 3기가 포격모드로 변신. 이윽고,

—퍼퍼펑—!

3기의 기동포탑이 1시 확장 기지를 타격하기 시작했다.

거기서 이신의 전술적인 탁월함이 돋보였다.

그 기동포탑 3기만 남겨놓고 나머지 병력은 곧장 12시로 진격한 것.

—곧바로 12시! 멋진 판단입니다. 지우펑 가만히 있다간 1시와 12시 모두 날아가 버립니다!

—지우펑도 움직입니다. 아바타가 가고 있어요!

—봉인 마법으로 병력 상당수를 얼릴 생각이겠습니다만, 카이저도 전술위성이 매의 눈을 뜬 채 주시하고 있습니다.

함께 데려온 전술위성이 수시로 전후좌우로 움직이며 아바타가 접근하는지 살폈다.

아바타가 접근하면 마법을 쓰기도 전에 무력화탄을 쏴버릴 태세였다.

지우펑의 아바타는 접근하다가 전술위성을 보자마자 즉시 뒤로 물러났다.

전술위성이 무력화탄으로 맞추기 위해 쫓아왔지만 아바타는 다행히 벗어날 수 있었다.

—생각을 다 읽고 있습니다. 지우펑 곤란한데요?

이윽고 기동포탑들이 일제히 포격모드로 변신.

계단식으로 배치된 기동포탑들은 11시 방면에서 출현할 적 병력에 대비한 완벽한 포진이었다.

지우펑의 아바타는 도리어 이신의 진영으로 향했다.

오히려 똑같이 공격해서 서로의 살과 뼈를 칠 생각이었다.

하지만 그곳에서도 전술위성이 나타났다.

―카이저가 지우펑의 생각을 전부 알고 있어요!

―지우펑! 어떡할 겁니까?

쫓아오는 전술위성.

다시 위로 도망치는 아바타.

갈 길을 잃은 아바타는 무슨 판단이 들었는지 돌연 대각선으로 거슬러 올라가기 시작했다.

―카이저의 병력 머리 위에 소환 마법으로 병력을 꽂아 넣을 생각인가요?

―그곳도 전술위성이 있는데요? 무력화탄에 맞아 아무 마법도 못 쓰면 정말 패배에 몰립니다!

포진된 채 12시를 타격하는 이신의 병력 진형.

그 근처까지 아바타는 접근했다.

그곳에서도 전술위성이 마중 나왔다.

앞뒤에서 접근하는 전술위성들!

이신의 치밀한 몰이에 의해 아바타는 꼼짝없이 무력화탄에 맞아 마법 에너지를 잃을 듯했다.

그런데 바로 그때였다.

―파아앗!

그 자리에서 아바타가 소환 마법을 펼쳤다.

광신도들로 구성된 지우펑의 일부 병력이 소환되었다.

―아! 어정쩡한 곳에 소환이 펼쳐졌는데… 어?!

―오오오?!

11시 방면에서도 나머지 병력이 달려 나오고 있었다.

측면과 후면!

양방향에서 병력이 달려든 것이다.

그대로 이신의 병력을 덮쳤다.

―퍼퍼퍼퍼펑!

―콰앙! 쾅!

―으악! 아아악!

―펑! 펑!

치열한 격전이 펼쳐졌다.

광신도 위주로 급히 병력을 생산한 지우펑의 판단은 상당히 유효한 것이었다.

거신병기보다 값싸고 빨리 생산할 수 있는 광신도들은 스피드도 빨라 포화를 뚫고 들어가 이신의 기동포탑에게 접근했다.

지뢰가 튀어나와 제동을 걸었지만, 무시하고 그냥 달렸다.

계속 달렸다!

"와아아아아!!"

"지우펑! 지우펑!"

엄청난 투혼!

죽어도, 또 죽어도 계속 생산된 광신도들이 달려왔다.

공격력 업그레이드가 지체된 것 또한 이번 전투에 큰 영향을 미쳤다.

이신의 기동포탑들이 잇달아 파괴당했다.

1시 확장 기지는 이미 파괴됐고, 12시 확장 기지도 대신전 건물이 반파된 상황.

조금만 더 두들기면 12시 확장 기지도 날려 버릴 수 있는 찬스였다.

하지만 그 약간의 시간차를 앞두고 이신의 기동포탑들은 지우펑의 필살의 반격에 의해 모두 파괴당했다.

지우펑의 병력 손실도 상당했지만, 신족의 병력 물량 생산력은 인류를 능가했다.

이신의 눈빛이 차가워졌다. 그의 표정이 썩 좋지 않았다.

판단을 내려야 했다.

결국 혀를 차고는 그나마 살아 있는 고속전차를 일제히 후퇴시켰다.

1시를 치던 기동포탑 3기도 포격 모드를 풀고 후퇴시켰다.

─막아냈습니다!

─딱 주문하셨던 대로 확장 기지를 하나만 내준 선에서 막아냈죠?

─일꾼 피해는 적었기 때문에 1시도 대신전만 다시 지으면 금방 복구 가능합니다. 아니, 카이저에게 다시 공격을 시도할 여력이 없으니 확장 기지를 하나 더 가져가도 되겠네요!

─썰물처럼 후퇴하는 카이저. 이제 지우펑이 거의 70% 승기를 잡았습니다!

그런데 바로 그 순간이었다.

퇴각하던 이신의 고속전차가 다시 방향을 돌려 쏜살같이 올라갔다.

지우펑의 병력을 피해 맵을 우회하여서 12시를 향해 빠르게 질주!

노리는 것은 바로 12시 확장 기지가 공격받을 때 대피했던 신도들이었다.

지켜냈으니 다시 일하러 12시로 신도들을 보낼 거라고 예측한 것이다.

완벽한 타이밍.

정확한 시간, 정확한 지점에서 자기가 노리는 타깃을 포착했다.

기습적으로 출몰한 고속전차들이 신도들을 닥치는 대로 학살했다.

이신 필생의 컨트롤이었다.

신도들을 일점사로 죽이는 한편, 일부 고속전차는 지뢰를 매설해서 구하러 오는 지우펑의 병력을 차단했다.

'크윽!'

지우펑이 아랫입술을 깨물었다.

뒷목이 너무 아팠다.

다 이겼다고 생각한 순간에 당한 뼈아픈 반격이었다.

12시는 물론 1시에서 일하던 신도들도 거기에 포함되어 있었던 탓에 피해가 상당했다.

거기에 전투에서 이기기 위해 광신도 위주로 병력을 뽑은 것이 악재로 작용했다.

원거리 공격을 할 수 있는 거신병기가 부족한 탓에 잽싼 고속전차들을 막기 까다로웠던 것.

광신도들이 다가와 반격했음에도, 고속전차들은 잽싸게 치고 빠지기를 반복하며 신도들을 잡았다.

상당수의 신도가 죽었다.

임무를 완수한 고속전차들은 쏜살같이 도망쳤다.

경기장은 열광에 찼다.

—이게 카이저입니다! 또 기울어지던 승부의 균형추를 돌려놓습니다!

—웃음밖에 안 나오네요. 정말 대단합니다, 카이저! 집요하게 상대를 물어뜯어서 어떻게든 패배를 모면합니다. 이러면 다시 5.5대 4.5 정도로 형세가 팽팽해졌죠?

—예, 그쯤 될 겁니다. 지우펑의 아바타가 무언가 일을 해내지 못한다면 말이죠!!

쩌렁쩌렁 울려 퍼지는 해설위원의 외침.

지우펑의 아바타가 새로 구축된 이신의 6시 확장 기지로 날아간 것이다!

—파아앗!

아바타가 소환 마법을 펼쳤다.

소환된 건 10기가량의 광신도들뿐.

하지만 광신도들은 자원을 채집하던 건설로봇들을 후려패며 깽판을 피우기 시작했다.

대형화면에 비치는 지우펑의 눈빛은 흉흉하게 빛나고 있었다.

끝없이 타오르는 투지.

당하자마자 다시 되갚아주는 지우펑의 빠른 판단이 놀라웠다.

이신은 급히 고속전차들을 보내 광신도들을 제압하고 6시를 지켜냈지만, 일꾼 피해나 한차례 일을 못한 자원 손해가 적지 않았다.

—굉장한 템포로 치고받고 있습니다! 전투의 신들이 벌이는 치열한 혈전입니다!

악착같이 생명줄 같은 6시를 지켜내고 복구한 이신은 기동포탑을 다시 생산해 모았다.

지우펑의 방해로 지체되었던 공격력 업그레이드도 다시 차근차근 이루어졌다.

그러면서 끝없이 움직이는 고속전차들!

그것이 이신을 지탱해 주고 있었다.

지뢰를 깔아 방어하고 게릴라로 적의 자원 수급을 방해하며 끈질기게 시간을 끌었다.

지우펑은 침착하게 견제를 막아내면서 꾸준히 병력을 생산했다.

잘잘하게 잽을 넣는 이신의 견제 플레이를 제외하면 소강상태.

양측 모두 병력 소모가 컸던 탓이었다.

하지만 병력을 재생산하는 속도는 신족인 지우펑이 더 빨랐다.

'틈을 주지 않는다!'

병력이 아직 인구수 제한까지 다 차지 않았지만, 지우펑은 이른 타이밍에 또다시 공격에 나섰다.

움직이는 건 역시나 아타바.

아바타 2기가 약간의 간격을 두고 줄줄이 6시로 향하고 있었다.

이신의 유일한 자원 줄인 6시 확장 기지를 끝장내 버리겠다는 악의가 역력했다.

하지만 그곳에는 이신이 전술위성을 배치한 상태.

아바타가 접근하자마자 전술위성이 무력화탄을 쐈다.

—펑!

순식간에 마법 에너지가 0이 되면서 무력화된 아바타.

하지만 그럴 줄 알았다는 듯, 간격을 두고 뒤따르던 아바타가 그대로 6시로 들어갔다.

그리고 소환!

—파아앗!

"우와아아아!"

병력이 소환되자 경기장이 환호로 가득 찼다.

왜냐하면 병력이 소환된 자리에는 지뢰가 잔뜩 깔려 있었기 때문이다.

─퍼퍼퍼퍼퍼퍼펑!

─콰콰쾅!

─으악! 으아악! 아악!

소환되자마자 수많은 지뢰들에 의해 괴멸당한 지우펑의 병력.

─막았어요!

─방어가 완벽하게 된 자리에 소환이 들어가면서 지우펑이 병력을 잃었습니다. 이러면 주도권은 카이저에게로 넘어가는……!

하지만 말이 채 끝나기도 전이었다.

소환된 병력 중에는 아바타 1기도 포함되어 있었다.

놀랍게도, 소환된 아바타가 그 자리에 다시 소환 마법을 펼쳤다.

─파아앗!

거신병기 4기와 광신도 8기로 구성된 초라한 병력이 소환되었다.

하지만 6시 확장 기지에서 깽판을 피우기는 충분했다.

─오 마이 갓!!

─2중 소환! 소수의 병력을 또 소환해서 기어코 6시를 공격합니다!

─지우펑도 정말 지독하네요!

광신도들은 건설로봇들을 공격.

거신병기 4기는 공중에 띄워져 느릿느릿한 속도로 대비하는 통제사령부 건물을 공격했다.

이신의 병력이 6시로 들이닥쳐서 병력을 막아냈다.

아슬아슬하게 통제사령부 건물이 파괴당하기 전에 지우펑의 모든 병력을 처치할 수 있었다.

하지만,

'아직 안 끝났어!'

지우펑은 집요했다.

그 자리에 있던 아바타 3기가 달라붙어서 계속 통제사령부 건물을 공격하기 시작한 것이다.

약하긴 하지만 분명 공격 기능이 있는 아바타.

3기가 붙어서 열심히 때리자 통제사령부 건물의 체력이 점점 바닥으로 치달았다.

─저걸 지켜야죠! 통제사령부 수리해야죠!

─급합니다! 부서지느냐 마느냐!

건설로봇들이 재빨리 달려와서 통제사령부 건물을 수리했다.

하지만,

─퍼어어엉!

얄궂게도 통제사령부는 끝내 파괴되었다.

─아아아!

─집념의 공격으로 기어코 6시를 날려 버린 지우펑!

─카이저의 유일한 자원 수급 루트였는데요!

경기는 아직 안 끝났다.

이신은 그 즉시 전 병력을 끌고 북상(北上)하기 시작했다.

자원이 다 고갈된 본진에 있는 통제사령부 건물을 띄워 6시로 보내는 한편, 전 병력은 지우펑의 11시 본진을 향해 진격.

지우펑은 방금의 공격으로 병력을 소모했다.

이 기회를 놓치면 패배뿐이었다.

월드 SC 그랑프리 개인전, 4강전 2경기 5세트.

대결은 숨 가쁜 템포로 격화되고 있었다.

게임이 끝나면 분명 누군가는 눈물을 흘려야 할 터였다.

*　　　*　　　*

질풍 같은 진격이었다.

신속하게 전 병력을 이끌고 치고 올라간 이신은 11시 본진 앞마당과 12시 확장 기지 사이의 중간 지점에 절묘하게 자리 잡았다.

—와, 위치 보세요!

—가장 까다로운 위치를 점령했습니다. 지우펑의 앞마당과 12시를 동시에 타격할 수 있는 지점!

—지우펑은 일단 앞마당을 포기한 것 같습니다. 자원도 얼마 안 남았으니까요. 하지만 12시와 본진도 위협받고 있는 게 큽니다.

이신은 지우펑의 본진 앞마당을 파괴했다.

이어서 12시 확장 기지에도 일부 병력을 보내 타격했다.

지우펑은 본진에서 병력을 모으는 한편, 4기까지 모인 아바타로 저항을 시도했다.

그중 마법 에너지가 충천되어 있는 건 고작 1기.

—퍼엉!

전술위성의 무력화탄이 발사되었다.

하지만 이번에는 그것을 절묘하게 피한 아바타가 봉인 마법을 펼쳤다.

—파앗!

기동포탑 2기와 고속전차 1기가 봉인되었다.

그리고 아바타 4기가 합심하여서 이신의 유닛을 공격하기 시작했다.

공격력이 약하지만 4기가 모여서 때리자 가랑비에 옷 젖듯이 기동포탑 1기가 파괴되었다.

지대공 공격 수단이 없는 이신은 눈에 거슬리는 아바타를 그냥 둘 수밖에 없었다.

—퍼어어엉!

앞마당 대신전 파괴.

이어서 12시 확장 기지도 파괴되었다.

두 곳을 날려 버린 이신은 그대로 지우펑의 앞마당에 자리 잡고 굳히기에 들어갔다.

건설로봇들이 와서 그 자리에 대공포를 건설했다.

심시티까지 완비해서 지우펑이 본진에서 나오지 못하게 밀봉시킨 후, 고속전차들을 1시로 급파했다.

전세 역전!

사력을 다해 치고 올라온 이신이 다시금 승기를 잡은 것이다.

1시 확장 기지마저 잃으면 이제 지우펑에게는 가망이 없는 셈이었다.

그걸 아는 지우펑은 1시로 아바타 1기를 보냈다.

마법 에너지가 이제 막 회복된 아바타였다.

—파앗!

1시 지역에 병력을 소환!

광신도 다수와 거신병기 4기가 나타나 1시로 치고 들어온 고속전차들을 막아냈다.

가까스로 1시 확장 기지를 지킨 지우펑.

그대로 1시에 소환된 병력이 본진 앞마당에 진을 친 이신의 군세를 향해 진격했다.

이에 호응하듯이 본진에서도 광신도들이 우르르 몰려나왔다.

—지우펑이 봉쇄를 걷어내려고 시도합니다.

—못 뚫으면 집니다!

지우펑은 그야말로 사력을 다해 돌파를 시도했다.

심지어 12시가 파괴되어서 갈 길을 잃은 신도들까지 모조리 싸움에 동원했다.

—퍼퍼퍼펑!

—콰앙! 쾅!

치열한 격전.

이신이 건설한 대공포로 인해 아바타 1기가 격추됐다.

고속전차들이 지뢰를 마구 매설해서 돌파를 저지했다.

그러면서 일부 고속전차는 빼내서 12시를 경유해 1시를 치는 절묘함마저 보이는 이신의 센스!

그런데 그 순간, 마법 에너지가 회복된 또 하나의 아바타가 때 맞춰 소환 마법을 펼쳤다.

―파아앗!

기동포탑의 머리 위에 소수의 광신도들이 소환되었다.

"와아아아아!"

관중들은 흥분해서 소리를 질렀다.

지우펑이 가까스로 돌파에 성공한 그림이었다.

이신은 살아남은 병력을 이끌고 퇴각했다.

그리고 경기를 중계하던 옵서버가 1시 지역을 보여주었다.

12시를 경유해서 빠져나갔던 고속전차들이 1시에 난입해 게릴라를 펼치는 모습이었다.

"오 마이 갓!!"

"카이저! 카이저!"

"지우펑!"

두 선수의 이름이 연호되었다.

봉쇄가 돌파당했지만, 이신도 그냥 퇴각하지는 않았던 것이다.

끝까지 지우펑에게 뼈아픈 상처를 남겨 놓은 이신.

지우펑은 봉쇄선을 걷어낸 것으로 만족하지 않았다.

곧장 6시로 진격!

병력은 얼마 없었지만 아바타가 3기나 있었다.

―처절한 싸움입니다! 정말 두 선수 끝까지 가볼 생각입니다.

―준결승전에 어울리는 명경기입니다. 대체 누가 이길지 상상도 가지 않아요!

진격해오는 지우펑.

이신의 생명줄인 6시를 날려 버리면, 1시 확장 기지가 살아 있는 지우펑의 승리였다.

막을 수 있을까?

이신의 뇌리에 문득 그런 의문이 스쳤다.

이신은 특단의 조치를 내렸다.

6시 수비는 포기.

대신 재생산한 전 병력을 모조리 우회시켜 1시를 쳤다.

서로의 생명줄을 맞바꾸는 선택을 한 것이다.

―오히려 1시를 치는 카이저! 전멸전입니까?!

―지우펑도 그냥 뒤돌아보지 않고 그냥 공격 갑니다! 먼저 전멸한 쪽이 지는데요!

6시가 파괴되었다.

통제사령부 건물을 띄워져서 5시로 옮겨갔다.

하지만 지우펑의 1시 또한 이신의 기습 공격에 의해 파괴당했다.

이제 양측의 병력은 서로의 본진을 향해 방향을 돌렸다.

지우펑의 본진은 새로 생산된 광신도 몇 기를 제외하면 무방비 상태.

그러나 이신은 필요 없는 건물을 띄워서 앞마당 통로를 틀어막아 놓고, 본진에 배치된 기동포탑 2기로 농성을 벌이고 있었다.

―아! 지우펑이 저걸 뚫기에는 병력이 약간 부족한데요?

―이렇게 되면 소환밖에 없습니다. 아바타로 본진에 병력을 소환시켜서 공격해야 해요!

지우펑은 아바타 3기를 한꺼번에 이신의 본진에 밀어 넣었다.

이신의 본진은 대공포로 지대공 수비가 철저히 된 상태.

―퍼엉!

1기가 격추되었다.

―퍼어엉!

또 1기의 아바타가 격추되었다.

하지만 살아남아서 본진에 들어간 단 1기의 아바타가 소환 마법을 펼치는 데 성공했다.

―해냈습니다! 본진 소환!

―누가 먼저 전멸 당하느냐?!

경기장은 계속해서 시시각각 관중들의 탄성이 터져 나왔다.

한시도 마음 놓고 볼 수가 없는 혈전.

끝까지 승리를 갈망하는 양 선수의 투혼과 실력에 그저 넋을 놓고 볼 수밖에 없었다.

그때, 이신이 본진에 있던 모든 건물을 공중에 띄웠다.

건물들이 모조리 5시를 향해 이동했다.

6시에 있던 통제사령부도 5시로 옮겨가서 새로운 확장 기지가 된 상황.

이신은 그 와중에 본진을 송두리째 5시로 이주시킬 계획을 짠 것이다.

이거야말로 전멸전을 유도한 이신의 설계.

승리를 향한 장대한 책략이었다.

7시 본진을 초토화시킨 지우펑은 새로이 옮겨간 이신의 5시 본진을 치러 떠났다.

하지만 앞마당을 막아놓은 심시티가 끝까지 지우펑의 발목을 잡았다.

그러는 사이에 지우펑의 본진은 이신에게 짓밟히고 있었다.

이신이 결국 승리하는 그림이었다.

5시에서 자원 공급이 이루어지자 그것은 거의 확정되었다.

이제 기갑정거장 건물들도 5시에 정착해서 병력 생산을 개시하면, 지우펑은 끝난다.

지우펑은 그래도 끝까지 포기하지 않았다.

5시로 진격.

일하던 건설로봇들이 일제히 뛰쳐나와 맞섰다.

좁은 출입구를 가로막으며 블로킹!

그 와중에 또 일꾼 비비기 컨트롤을 응용한 기막힌 블로킹이었다.

반면 지우펑은 본진을 완전히 잃었다.

간신히 살아남은 신도 1기가 3시 지역에 생명석 하나를 건설해 가까스로 전멸을 모면했다.

그 생명석이 최후의 건물이었다.

이름 그대로 지우펑의 패배를 미뤄주고 있는 생명 그 자체였다.

이신은 판단이 빨랐다.

병력이 뿔뿔이 흩어져 수색을 개시!

금세 3시에 숨겨 지어진 생명석을 발견했다.

―아아아아!!

―저게 깨지면……!

막 지우펑의 병력이 건설로봇들의 블로킹을 혼신의 힘을 다해 뚫고 5시에 진입했을 때였다.

생명석이 깨졌다.

지우펑은 전멸 판정을 받아버렸다.

이신의 모니터 위에 승리 메시지가 나타났다.

지친 나머지 안색이 창백해진 이신은 질린 표정으로, 웃었다. 승리의 미소였다.

―카이저 결승 진출!! 2년 만에 돌아온 카이저가 다시 금메달을 목전에 뒀습니다!

―월드 SC 그랑프리 사상 최다 금메달, 사상 최다 결승 진출! 사상 최고령 결승 진출! 사상 최다승! 기록이란 기록은 모조리 다 갈아치웠습니다!

―정말 위대한 e스포츠의 전설을 보고 계십니다. 이 시대 이 순간을 볼 수 있다는 게 너무 행복합니다. 카이저, 정말 경외하고 축하합니다!

"카이저! 카이저! 카이저!"

관중들이 이신을 불렀다.

이제 부스 밖으로 나와 승리를 선언하라고 말이다.

이신은 부스에서 나왔다.

관객석으로 가까이 다가가 주먹을 힘차게 뻗어 올렸다.

활짝 웃으며 기뻐하는 이신의 모습은 e스포츠 뉴스의 모든 메인 화면을 장식할 게 분명했다.

"와아아아아아아아!!!"

관객들이 일제히 자리에서 일어나 박수를 쳤다.

승리한 이신.

그리고 패배하였으나 너무나도 멋진 승부를 보여준 지우펑에게 보내는 기립박수였다.

그러나 승자와 패자의 희비는 교차한다.

지우펑은 아직도 패배 선언이 뜬 자신의 화면을 바라보며 멍하니 있었다.

밖에서는 잘했다며 기립박수를 보내지만, 지우펑의 얼굴은 아직 싸움이 끝난 표정이 아니었다.

혼란스럽고 아직 자신의 패배가 용납되지 않는다는 표정이었다.

부스로 문득 한 사람이 들어왔다.

왕춘 감독이었다.

"이거 꿈이죠?"

지우펑이 나직이 물었다.

"제가 졌을 리가 없죠?"

"……."

"바로 앞에 있었는데. 거의 눈앞에……."

왕춘 감독은 지우펑의 어깨에 손을 얹었다.

"이럴 리가 없는데… 난 아직 납득이 안 가는데……!"

"지우펑."

"대체 무슨 일이 벌어진 거죠? 다 이겼는데……."

"지우펑."

왕춘 감독이 다시 지우펑을 불렀다. 그가 지우펑을 타일렀다.

"넌 어릴 때부터 참 강했어."

"……."

"아주 강해서 누구한테도 굴복하지 않았지. 늘 그랬어."

"……."

"그러니까 네가 스스로 마음을 꺾지만 않으면 돼. 그럼 넌 내년에도 이 자리에 있을 거야. 내가 약속하마."

"이렇게 패배했는데요?"

"난 살면서 너처럼 강한 아이는 처음 봐. 지금까지 아무도 널 겁주지 못했을 거야."

문득 아버지가 뇌리에 스친다.

"네게 상처 줄 수 있는 사람은 오직 네 자신밖에 없었어. 그러니 스스로를 용서하고 위로하자꾸나."

"……."

"가자. 다음을 준비하자. 동메달 따야지."

왈칵 눈물을 흘렸다.

지우펑은 오열했다.

월드 SC 그랑프리 개인전 4강 2경기.

지우펑 패배.

이신 결승 진출.

*   *   *

e스포츠 역사상 손꼽히는 명경기는 모두 이신이 관여되어 있다.

워낙에 강력한 이신이기에, 그런 이신의 아성에 도전하여서 격전을 치른 도전자와의 경기는 명경기가 된다.

보통의 경기력으로는 절대로 이신을 궁지에 몰아넣을 수가 없기 때문에 더욱 그랬다.

지우펑이 그러했다.

1, 2세트를 이기고 3세트에서도 심리전에서 완벽하게 우세했다.

그러나 거짓말처럼 이신이 저력을 발휘하여 승부를 원점으로 돌려놓았다.

5세트의 처절한 혈전, 그리고 끝끝내 펼쳐진 드라마틱한 역전극.

세계의 찬사가 쏟아졌고, 이신과 박영호의 결승전은 더욱 기대에 휩싸였다.

박영호 또한 명경기 제조기.

이신과 붙어서 한 번도 맥없는 경기력을 보여준 적이 없었던 박영호였다.

지우펑을 능가하는 명승부를 보여줄 수 있을지 관심이 모아졌다.

한편 SC스타즈는 세계무대에서 우뚝 솟았다.

금메달과 은메달을 확정 지었으며, 동메달조차 노리고 있다.

자칫 SC스타즈 소속 선수가 개인전 메달을 휩쓸 수도 있는 이 상황은, 이신과 박영호를 영입한 투자가 성공적이었음을 증명했다.

이제 손꼽히는 몸값을 가진 두 한국 선수의 대결만 남았다.

세계 e스포츠의 축제는 절정에 올라 있었다.

제9장

결승

　　경기 직후, 이신은 승자 인터뷰 때문에 경기장을 떠나지 못했다.

　　관중들 또한 이신의 인터뷰를 듣기 위하여 떠나지 않고 자리를 지켰다.

　　대형화면에 이신이 등장했다.

　　백인 남성 캐스터와 재미교포로 보이는 장년 사내가 함께 나타나 인터뷰를 진행했다.

　　"우선 결승 진출 축하드립니다."

　　"감사합니다."

　　이신은 통역사의 통역을 듣기도 전에 대답했다.

　　통역 반지가 있어서 사실 통역사가 필요 없었던 것이다.

"2년 만에 그랑프리 개인전의 결승전 무대로 가게 됐는데, 이렇게 할 수 있다고 예상했습니까?"

"예상이 아닌 각오였습니다."

이번에도 통역 반지의 힘을 빌려 영어로 술술 대답한 이신이었다.

그런데 그러자 옆에 있던 통역사가 다소 뻘쭘해진 얼굴로 이신에게 말했다.

"저기, 이신 선수?"

"……?"

왜 부르냐는 듯한 이신의 표정.

통역사가 곤란하다는 듯이 말했다.

"이걸 한국의 팬도 보고 있을 텐데, 바로 영어로 답하시면……."

"아."

그제야 이신은 자신의 실수를 깨달았다.

당연히 한국에서도 이 인터뷰가 실시간으로 방영되고 있었다.

한국말 통역을 거치면 인터뷰를 한국 팬들도 알아들을 수 있지만, 이신이 바로 영어로 답해버리면 불가능하다.

실제로 현재 한국 중계방송에서는 그나마 영어를 잘하는 정승태 해설위원이 더듬더듬 통역해서 팬에게 전달하고 있었다.

인터넷 스트리밍 방송에서는 이신의 영어 실력에 감탄을 늘어놓고 있었다.

영어의 신, 외국어의 신, 통역의 신 등등 신 시리즈의 농담이 이어지는 중이었다.

잠시의 해프닝 이후 인터뷰가 다시 재개되었다.

이번에는 이신도 한국말로 통역사를 통해 인터뷰에 응했다.

"오늘 상당히 힘든 경기를 치렀던 것으로 보이는데, 이제 같은 팀 동료이기도 한 지우펑은 어땠습니까?"

"예전과 다른 점은 제가 승리를 무조건 장담할 수 없는 상대가 꽤 많아졌다는 것입니다. 결승에서 만날 박영호도 그렇고, 지우펑도 그런 선수였습니다."

"몇 세트 경기가 가장 힘들었습니까?"

"5세트."

"그 경기는 이겼는데요?"

"1, 2세트는 승부가 일찍 결판나서 딱히 힘들지는 않았습니다. 이제 나이가 들어서 5세트 같은 경기를 몇 번 더 하면 기진맥진할 것 같습니다."

캐스터가 웃음을 터뜨렸다.

관객들도 와자지껄 웃음을 터뜨렸다.

나이 들었다고 불평하는 이신의 평소 발언은 꽤 유명한 일이었다.

"제가 보기에는 부러울 정도로 젊습니다만, 확실히 프로게이머로서는 적은 나이가 아니죠. 그렇다면 이에 대해 한 가지 궁금한 점이 있는데요."

"……?"

"모든 프로게이머의 문제 중 하나는 바로 선수 생활 이후의 진로입니다. 카이저는 수많은 프로게이머의 선배 같은 존재인데, 당신은 어떤 계획을 가지고 있는지 많은 팬이 궁금해 합니다."

"본래는 대학교로 돌아가 졸업하고 역사학자가 될 생각이었습니다."

"오, 역사학자요?"

"예, 본래는."

"아, 그럼 지금은 생각이 바뀌었나요?"

"학교에 입학하자마자 휴학을 했었는데, 시간이 너무 많이 흘러서 내년 초에 복학하지 않으면 제적(除籍)된다고 들었습니다. 복학을 할 생각이긴 했지만, 아시다시피 복학 대신 중국행을 택했죠."

"오, 다행입니다. 역사학자가 될 뻔했던 카이저가 다행히 좀 더 오래 선수 생활을 하기로 했답니다."

"오오오!"

"카이저! 카이저!"

짝짝짝짝!

캐스터의 너스레에 관중들의 박수가 쏟아졌다. 이신이 좀 더 선수 생활을 오래 하기를 바란다는 팬들의 마음이었다.

"그래서 선수 생활을 좀 더 오래 하고 난 후에는 어떤 계획이 있으신지요?"

"없습니다."

"없다고요?"

"예, 다만 해설은 하지 말라더군요."

또다시 관객석에서 웃음이 터져 나왔다.

"하지만 제 은퇴 후의 이야기를 논하기에는 아직 이른 게 아닌가 싶습니다."

이신이 계속 말했다.

"은퇴는 절 능가하는 선수가 한둘이라도 있을 때 논의할 일입니다. 아직은 없습니다."

잘라 말하는 이신.

캐스터도 놀란 표정을 지었다가 박수를 쳤고, 관중석도 박수로 가득 찼다.

언제나 오만한 카이저.

하지만 그래도 되는 위치에 그는 군림하고 있었다.

몇 번이나 이에 합당한 실력을 증명했으니 오만해도 된다.

인터뷰를 모두 마친 뒤, 이신은 숙소로 향했다.

"계획이 없으셨습니까? 당연히 인수하신 팀 넥스트를 맡으실 줄 알았습니다만."

왕춘 감독이 물었다.

지우펑을 잘 위로해서 숙소로 보내놓고는 이신을 마중 나온 왕춘 감독이었다.

함께 차량을 타고 이동하며 이신이 답했다.

"구단주일 뿐이죠. 직접 감독할 생각은 없습니다."

"그렇다면 우리 팀은 어떻습니까? 당연히 선수 생활이 끝나면 한국으로 돌아가실 거라고 생각했기 때문에 이런 제안을 드린 적은 없었습니다만."

"생각해 보겠습니다."

"하하, 그러십시오. 아직 선수 생활이 적어도 3년 이상은 남아 있으니까요."

3년은 SC스타즈와의 계약 기간이었다.

이신은 왕춘 감독의 의중을 짐작했다.

자신을 지도자로 영입하면 수많은 재능 있는 선수를 팀에 끌어들일 수 있다.

프로게이머를 꿈꾸는 유망주는 누구나 이신에게 배우고 싶을 테니 말이다.

이를테면 장양 같은 천재가 말이다.

*   *   *

박영호는 심각한 얼굴로 VOD를 지켜봤다.

안드레이 이바노프와 이신의 8강전.

안드레이가 이신에게 처참하게 무너지는 모습이 보이고 있었다.

무결점의 플레이였다.

안드레이는 한 번도 공략 포인트를 찾지 못한 채 무너졌다.

자유자재로 펼쳐지는 이신의 다방면 동시 견제 플레이.

흔히 인류는 괴물의 천적이라고 한다.

그 이유를 이신이 가장 잘 보여줬다.

괴물은 어느 종족보다도 유닛을 빠르게 대량 생산할 수 있었다.

그 특성을 활용해 아무리 죽어도 끝없이 몰아치는 무시무시한 공격력을 펼친다.

하지만 단점도 있다.

바로 약한 체력.

유닛 하나하나는 체력이 대체로 약한 것.

때문에 인류는 보병이나 스텔스 전투기 등 신족을 상대로는 쓸 수 없는 유닛을 괴물과 싸울 때는 활용할 수 있다.

괴물은 물량 공세에 능하지만, 유닛 컨트롤만 잘하면 더 많은 수의 병력을 얼마든지 상대할 수 있는 것이다.

이신은 역사상 가장 컨트롤이 뛰어난 프로게이머이니 말 다한 셈이다.

굉장히 다양한 유닛을 활용하여서 다각도로 괴물을 괴롭힌다.

'공격 수단의 가짓수가 너무 다양해.'

박영호의 수심이 깊어졌다.

저것은 분명 안드레이의 토털 어택에서 영감을 받은 플레이다.

안드레이는 도리어 이신에게 너무 무서운 무기를 쥐어주었다.

귀신같이 터닝 샷을 펼치며 공중을 누비는 스텔스 전투기.

거기다가 요리조리 귀신같이 잘 빠져나가서 더럽게 격추시키기 힘든 항공수송선 드롭 플레이.

삽시간에 앞마당까지 밀고 와서 압박을 펼치는 보병들과 빈틈만 보였다 하면 찔러 들어오는 고속전차까지.

어디 그뿐인가?

역습을 꾀하려 하면, 그 우회 루트에 어김없이 지뢰가 매설되어 있다.

'가장 쉬운 건 역시 약한 초반에 밀어붙여서 끝내 버리는 건데.'

이신이 선보인 1병영, 1기갑, 1항공을 짓는 빌드는 초반에 보병을 주력으로 뽑지 않고 테크 트리에 자원 투자를 하기 때문에 초반 방어가 약했다.

하지만 그거야말로 이신에게 무릎 꿇은 수많은 도전자의 말로였다.

도저히 이길 방법 없으니 아예 초반에 끝내 버리자.

그렇게 초반에 공격을 감행했을 때, 이신의 건설로봇 블로킹에 막혀 버린다.

이신이 모든 유닛 중 고속전차 다음으로 잘 쓴다는 건설로봇!

박영호는 그런 패배자들처럼 뻔한 선택을 할 생각이 없었다.

'역시 정면승부밖에 없어.'

그것이 철벽괴물이 가장 강력한 카아저의 맞수로 평가받는 이유였다.

정면승부를 피하지 않는다.

기책을 쓰려 하지 않고 정공법을 쓴다.

옛날 이단자라 불렸던 황병철은 공격적인 이신에 대해 똑같이 극단적인 공격성으로 살을 주고 뼈를 취하려 했다.

하지만 박영호는 그보다 더 진화했다.

이신의 공격을 모조리 막아낸다. 그러면서 동시에 역습을 한다.

잘못되면 역습은커녕 이신의 공격에 휘둘리다가 망하고 만다.

하지만 박영호는 수비를 펼치면서 역습도 꾀할 수 있는 축복받은 피지컬을 지녔다.

박영호는 오히려 그런 측면에서 돌파구가 있다고 봤다.

'이 양반은 아직 옛날 습성을 버리지 못했거든.'

다각도에서 동시에 공격을 펼치는 스타일.

이는 인간의 피지컬이 아니었던 전성기 시절에는 100% 완전무결한 스타일이었다.

하지만 나이가 든 지금은 100%까지는 아니고 한 97%?

물론 업데이트로 인해 인터페이스가 심플해져서 멀티태스킹의 부담이 한결 줄었지만, 그 혜택을 받는 건 박영호도 마찬가지였다.

'내가 훨씬 더 복잡한 난전을 유도해주마. 2곳을 공격하면 난 3곳을 더 공격해 주겠어.'

아주 뇌가 혹사당하다 못해 녹을 것 같은 미친 싸움!

그렇게 콘셉트를 정한 박영호는 연습에 박차를 가했다.

*   *   *

이신도 박영호도 결승전에 대비한 연습에 박차를 가하는 동안, 3, 4위전이 벌어졌다.

박영호에게 패한 아마드 부티아와 이신에게 패한 지우펑의 대결.

지우펑이 동메달을 따면, SC스타즈는 소속 선수가 그랑프리 개인전의 모든 메달을 다 쓸어버리는 위업을 달성한다.

반면 아마드 부티아는 미국에서 활동하는 선수 중 유일한 생존자였다.

마이클 조셉이 허망하게 낙오한 이상, 아마드 부티아는 미국 프로리그의 자존심을 어깨에 짊어지고 결전에 임해야 했다.

그것은 이신과 지우펑이 치렀던 4강전보다 더 치열한 격전이었다.

둘 다 실력이 비슷했다.

하지만 종족 상성을 무시할 수 없었다.

차라리 마이클 조셉이 상대였다면 지우펑에게 더 쉬웠으리라.

하지만 상대는 괴물 플레이어인 아마드 부티아.

신족을 상대로 한 승률이 전미 최강인 강자였다.

단 한 세트도 지우펑은 아마드 부티아를 상대로 밀리지 않았지만, 괴물을 상대할 때는 한 번 실수해도 와르르 무너져 버리는 신족의 비애가 작용했다고밖에 볼 수 없었다.

스코어 3—1.

아마드 부티아는 동메달을 거머쥐었다.

—그래, 동메달 정도면 잘했지.

—금메달은 원래 없는 거라고 치면 동메달 정도면 세계 2등이라는 뜻이잖아?

—카이저는 자연재해니까 은메달이 사실상 인간계 금메달이고 동메달은

인간계 은메달이지.

―인간계 동메달을 차지한 지우펑에게도 경의를 표한다. 이번 그랑프리
에서 신을 상대로 가장 잘 싸운 선수였어.

―정말인지 왜 카이저를 미국에 못 데려온 거야?

―차이나 머니가 장난이 아니지.

―난 카이저가 중국을 택한 이유를 알지. 돈은 문제가 아니야. 중국이
한국에서 더 가깝잖아. :D

―SC스타즈의 감독이 한국에 자주 찾아가서 카이저에게 구애를 했지.
우리도 그만한 열의를 보여야 했어.

―제발 단체전 금메달은 우리가 따자. 그것도 SC스타즈에게 뺏기면 정
말 원통할 거야.

―젠장! 카이저가 없었던 작년에 금메달을 챙겼어야 했는데!

아마드 부티아가 동메달을 딴 것에 대해 미국의 팬들은 대체
로 만족스러워했다.

최고의 기대주였던 마이클 조셉이 안드레이 이바노프에게 허
망하게 패했고, 그런 안드레이는 카이저에게 압살당했다.

그걸 보고 카이저는 역시 인간의 힘으로는 도리가 없다는 결
론이 미국에서는 내려졌다.

그래서 동메달 정도면 괜찮은 성적이라는 인식이었다.

―근데 한국인은 왜 이렇게 게임을 잘할까?

―종족 특성이지.

＊　　　　＊　　　　＊

이제 현존하는 세계 최고의 프로게이머가 누구인지 가려지려 하고 있었다.

먼저 경기장에 도착한 쪽은 러너(Runner).

작년에 이어 올해도 최소 은메달을 확정 지으면서, 금메달에 가장 가까운 사나이 중 하나로 인정받은 박영호였다.

경기장으로 입장하기 전에 통역사를 끼고서 간략하게 인터뷰에 응했다.

"오늘 경기는 자신 있으십니까?"

"예, 이길 겁니다."

박영호는 단호하게 말했다.

"카이저와 수차례 부딪쳤고 그때마다 패배하셨는데, 오늘은 특별한 준비가 되어 있으십니까?"

"예, 제 나름의 최선으로 이길 준비를 마쳤습니다."

"금메달을 놓친 적이 없는 사상 최고의 선수에게 도전하는 각오 한 말씀 부탁드립니다."

이에 박영호가 답한다.

"졌지만 잘 싸운 경기하러 오지 않았습니다. 다들 제게 그걸 기대하지만, 애석하게도 전 이기러 왔습니다. 기필코 이길 겁니다."

그렇게 박영호는 경기장으로 입장했다.

이어서 경기장에 나타난 쪽은 이신.

늘 스포트라이트를 받아왔던 이신은 기자들을 익숙하게 상대했고, 통역사도 필요 없었다.

"2년 만에 다시 결승 무대에 섰습니다. 금메달을 탈환할 자신이 있으십니까?"

"자신이 없다는 게 뭔지 모르겠습니다."

이신은 덤덤히 말했다.

"금메달을 놓친다는 게 어떤 기분인지 아직 모르겠습니다. 한 번도 경험해 보지 못했으니까요. 앞으로도 그럴 것 같습니다."

기자들은 감탄을 하고 말았다.

저렇게 오만한 언행이 잘 어울리는 사람이 있을까.

한 번도 아직 성장 중인 유망주로 평가 받아본 적이 없는 사람.

나타나자마자 왕좌에 앉아 스포트라이트를 받은 남자.

살아 있으면서 신이라 불리는 사나이.

그런 선수가 이제 결승 무대에서 자신의 왕좌를 되찾으려 하고 있었다.

"그럼 이만."

유유히 경기장으로 향하는 이신.

중압감이라고는 조금도 느끼지 않는 뒷모습이었다.

같은 사람이라기에는 참 비현실적인 존재였다.

외모, 재능, 노력, 실력, 멘탈……

사람이 어찌 저렇게 무결점일 수가 있을까?

우스갯소리로 완전치 못한 부분이 성격밖에 없다고들 할 정도다.

그래서 더욱 대중의 동경을 받는 것이다.

홀로 별세계에서 태어난 것 같은 저 신비함 때문에.

"신과 인간의 대결이군."

어느 기자가 중얼거렸다.

모두가 동의했다.

*   *   *

"누나는 참 바보야. 왜 선생님을 만나지 못하고 호텔도 굳이 다른 곳에 잡아?"

한 무리의 눈에 띄는 일행이 경기장으로 들어서고 있었다.

서양, 동양, 동남아 등 출신 국적도 다양한 특이한 일행이었다.

당연하지만 이신의 제자들이었다.

결승전 당일이 되자 스승의 경기를 직관하기 위해 뉴욕에 놀러온 것이다.

존의 핀잔에 주디는 방긋 웃으며 답했다.

"나 때문에 연습에 방해 되시면 안 되잖니."

"헹, 누나가 옆에 있다고 선생님이 눈 하나 깜짝할 것 같아? 누나를 돌보듯이 보실걸. 늘 그랬듯이."

주디가 밉살맞은 소리를 하는 동생을 쏘아보았다.

그러자 옆에 있던 차이가 웃으며 말했다.

"에이, 요즘엔 그렇지도 않은 것 같은데. 중국으로 떠나실 때도 공항에서 로맨스 영화 한 장면 찍으셨고. 예전의 선생님이었으면 상상이나 했겠어?"

"그거 누나가 일방적으로 달려든 거잖아. 알고 보면 그때 선생님은 피해자였지."

"…존, 너 그러다 네 누나한테 맞겠다."

불타는 주디의 눈동자를 본 존은 그제야 찔끔해서 입을 닫았다.

그들은 무슨 딴생각에 빠졌는지 멍하니 있는 장양을 잡아끌고 경기장 안으로 입장했다.

경기장의 1층 복도에 들어섰을 때, 다들 감탄을 했다.

복도의 벽면마다 디지털 액자가 전시되어 있었다.

뉴욕 e스포츠 센터의 명물인 슈퍼 플레이 전시실.

디지털 액자마다 역대 그랑프리에서 나타났던 명장면 하이라이트 동영상이 반복 재생되고 있었다.

이 슈퍼 플레이 하이라이트만 다 구경해도 족히 반나절은 지나간다.

그래서 뉴욕을 관광하는 e스포츠 팬에게는 빼놓을 수 없는 코스였다.

"와, 정말 잘해놓았다."

차이가 감탄했다.

존은 주디의 옆구리를 쿡쿡 찌르며 말했다.

"우리도 이런 식으로 집을 꾸며볼까?"

"괜찮을 것 같아. 선생님의 슈퍼 플레이를 모아놓는 것도."

존은 뾰로통한 얼굴로 그런 누나를 노려봤다.

"정말, 머릿속에는 선생님밖에 없지?"

"왜?"

"난 우리들의 슈퍼 플레이를 기념으로 전시해 놓자는 뜻이었어. 우리 집에 선생님의 영상을 뭐 하러 모아?"

"선생님이 남이니?"

"여길 둘러봐! 우리가 기념 안 해도 여기 잔뜩 있다고."

그랬다.

역대 그랑프리의 슈퍼 플레이 영상.

그중 엄청난 비중을 차지하는 주인공은 바로 이신이었다.

그랑프리에 참가할 때마다 금메달을 놓치지 않은 슈퍼스타.

거기에 스타일도 워낙에 화려했던 탓에 눈길을 끌 만한 명장면이 한둘이 아니었다.

그러니 이 전시실의 상당 부분을 차지하는 건 당연했다.

"음, 나도 시도해 봐야겠다. 좀 넓은 집을 구매해서 디지털 액자를 30개쯤 구매해서 장식해 놓으면 볼만하겠지?"

"오, 자기 슈퍼 플레이가 30개나 된다고 자신하는 거야?"

"물론이지."

"헤에, 넌 플레이가 너무 뻔해서 나처럼 화려한 장면은 잘 안나올 텐데?"

존의 도발에 차이도 씨익 웃으며 맞받아쳤다.

"뛰어난 전략 전술을 기념한 영상도 충분히 멋지잖아. 게임을 잘 아는 사람이라면 가치를 알아볼 테니까."

"난 화려하기만 하지 깊이가 부족하다고 비꼬는 것 같은데?"

"먼저 시작했잖아."

투덕투덕 다투는 모습에 주디는 못 말린다는 듯이 고개를 휘휘 저었다.

그러다가 주위를 둘러봤는데 장양이 보이지 않았다.

한숨을 쉰 주디는 왔던 길로 되돌아가서 멍하니 첫 번째 슈퍼 플레이 영상에 빠져 있던 장양을 잡아끌었다.

"자, 나중에 실컷 볼 수 있으니까 경기장에 들어가자."

"……."

불만스러운 표정을 짓는 장양.

장양은 이 전시실의 매력에 푹 빠져 있었다.

"약속할게. 여긴 언제든 구경할 수 있잖아? 이거 때문에 선생님의 경기를 놓칠 생각은 아니겠지?"

이신의 경기를 나중에 봐도 상관없지 않나 하고 생각한 장양이었지만, 주디의 말에 순순히 따르기로 했다.

자기 욕구를 참고 남의 말에 따르게 된 것만으로도 장양이 정신적으로 얼마나 많이 성장했는지 알 수 있었다.

"오! 이거 봐!"

존이 호들갑을 떨었다.

전시된 영상 중 하나.

고속전차들이 거신병기들을 삽시간에 둘러싸서 지뢰를 매설한다.

그리고 썰물처럼 후퇴.

거신병기들은 그들을 빙 둘러싼 지뢰에 의해 폭사당해 몰살됐다.

"아, 존 패트릭……."

그랬다.

당시로서는 충격적이었던 이 컨트롤의 희생양은 존 패트릭.

존과 주디 남매가 이신을 처음 알게 된 장면이었다.

"어휴, 일단 경기장 들어가자. 곧 사람들로 붐비게 된단 말이야."

주디는 곧잘 한눈을 파는 동생들을 데리고 경기장 안으로 끌고 갔다.

인맥을 동원하여서 얻어낸 VIP석에 그들은 자리 잡았다.

대형화면은 물론이고, 부스 2개가 설치된 무대가 코앞에 보이는 자리였다.

부스 안에 들어가서 장비를 테스트하는 선수들의 모습이 육안으로 보일 정도이니 말 다한 셈이었다.

부스 안에서 장비 점검을 하는 이신을 보며, 주디는 눈이 풀렸다.

'선생님……'

뉴욕까지 와서 직접 이신을 보게 되니 애틋한 감정이 밀려왔다.

'재미있게 게임하세요.'

주디가 이신에게 바라는 것은 승리도 금메달도 아닌 그저 그 한 가지였다.

차이와 장양의 표정도 변했다.

두 소년의 두 눈동자는 야망으로 타오르고 있었다.

언젠가는 자신들도 저 자리에 서겠노라고, 눈빛으로 외치고 있었다.

─여러분, 오래 기다리셨습니다!

해설진이 입을 열었다.

경기가 시작되고 있었다.

　　　　　　*　　　　　　*　　　　　　*

1세트가 시작되었다.

맵은 유혈의 기억.

인류 대 괴물의 승률이 비슷한 맵으로, 맵의 콘셉트대로 난전이 자주 펼쳐지는 맵이었다.

중앙 지역은 드넓어서 대병력이 충돌하기 쉽고, 자원이 매장된 지역은 절벽과 강 등의 장애물로 둘러싸여 있어서 드롭을 시도하기도 용이했다.

때문에 중앙의 패권 싸움과 함께 사방에서 드롭을 통한 산발적인 교전이 곧잘 벌어진다는 뜻이었다.

이신은 역시나 빠르게 테크 트리를 올려서 항공정거장까지 지었다.

안드레이에게 펼쳤던 1─1─1 빌드였다.

먼저 기갑정거장에서 생산된 고속전차가 길목에 지뢰를 매설해 방어를 해두었다.

지뢰를 다 쓰고서는 박영호의 본진으로 파고들기를 시도했지만, 역시나 호락호락 용납할 박영호가 아니었다.

미리 생산해 둔 바퀴 6마리가 고속전차를 둘러싸려고 시도했다.

고속전차는 잽싸게 달아나면서 무빙 샷을 날려 쫓아오는 바퀴들을 공격.

그러나 박영호 또한 공격 받는 바퀴를 뒤로 빼면서 계속 쫓아가는 컨트롤 센스를 보였다.

엎치락뒤치락.

달아나면서 무빙 샷을 펼치는 고속전차나, 얻어맞은 바퀴를 계속 뒤로 빼면서 쫓아가는 바퀴 떼나 사소하지만 난이도가 높은 컨트롤의 향연이었다,

피차 각자 본진에서 운영을 하면서 동시에 저런 정교한 컨트롤을 한다는 뜻이니, 멀티태스킹이 서로 만만치 않다는 뜻이었다.

"전에 하셨던 그 전략이다."

"웅, 박영호도 저걸 알고 대비했을 텐데. 저걸 어떻게 막으려 할지 궁금하네."

의견을 주고받는 차이와 존.

장양은 양손을 무릎에 놓고 손가락을 까닥거리며 가상의 플레이를 하고 있었다.

박영호가 보여주고 있는 플레이를 가상의 손놀림으로 재현해 보는 것이다.

이신이 저 전략을 구상할 때 연습 상대가 되어주었던 장본인이 바로 장양이었다.

그때 장양은 저 전략에 속수무책으로 당해야 했다.

과연 박영호는 어떻게 대처할지 궁금했다.

박영호는 독침충을 일찌감치 생산해서 공세에 나섰다.

하늘군주와 함께 돌아다니는 독침충들이 맵 도처에 깔린 지뢰를 부지런하게 제거했다.

이신도 계속 고속전차로 지뢰를 깔았지만, 박영호가 제거하고 다니는 속도가 더 빨랐다.

뿐만 아니라 독침충들이 요소요소에 배치되어서 이신의 스텔스 전투기가 침투할 루트도 모조리 틀어막았다.

—과연 철벽! 본인의 별명이 왜 생겼는지 톡톡히 보여주는 멋진 러너의 디펜스입니다. 카이저가 파고들 틈이 없죠?

—예, 안드레이도 완패당할 수밖에 없었던 카이저의 저 전략을 상대하려면, 일단 꼼꼼한 플레이로 빈틈을 없애야 한다고 생각한 것 같습니다.

—당연한 플레이처럼 보이지만, 저렇게 세세하게 모든 것을 다 신경 써서 관리하는 건 참 힘들 일이죠?

—예, 그래서 러너가 철벽괴물이라 불리는 거죠.

당연한 플레이처럼 보였지만 해설진의 말대로 상당히 수준 높은 플레이였다.

지뢰를 부지런히 제거해 이신의 맵 시야를 축소시킨다.

시야가 없으므로 정보가 부족한 이신은 과감한 플레이를 할 수 없다.

스텔스 전투기도 좀처럼 침투해 들어갈 구석을 찾지 못한다.

다양한 유닛이 모두 제 역할을 더 수행한다.

그런 뜻이 담긴 이신의 토털 어택이 박영호의 극도로 꼼꼼한 플레이에 의해 하나둘 막혀나가는 것이었다.

"장난 아니다."

"진짜 뭐 빼먹는 거 하나 없네."

그 진가를 알아본 이신의 제자들은 그저 감탄할 수밖에 없었다.

*   *   *

물샐 틈 없이 디펜스하는 박영호.

어떠한 견제도 통하지 않는 상황에서, 이신은 침착하게 병력을 모으며 진출할 준비를 했다.

박영호 또한 2번째 확장 기지를 구축하고서는 병력을 끌어 모았다. 독침충, 촉수충을 다수 모으며, 이신이 진출하는 타이밍에 맞춰서 맵 센터에서 승부를 볼 결심을 했다.

그리고 마침내 이신이 공격을 개시했다.

병영 병력과 고속전차, 기동포탑, 전술위성까지 다양한 병과로 구성된 전력이었다.

거기에 2기까지만 뽑은 스텔스 전투기도 선발대처럼 움직이며 적의 동태를 살폈다.

─카이저가 나왔습니다.

─지금까지 모든 견제를 잘 막아낸 러너였습니다만, 저 한 방을 막지 못하면 모두 허사입니다.

─예, 안드레이 이바노프도 잘 막았었는데 저 한 방에 그대로 당했었죠. 진짜 승부는 지금부터예요.

─하지만 러너도 엄청난 지상군 병력을 모은 상황. 상황만 따져놓고 보면 전혀 겁먹을 입장이 아니에요!

─러너도 갑니다!

박영호도 그동안 모은 병력을 이끌고 출진했다.

독침충과 촉수충, 그리고 바퀴 떼.

스텔스 전투기의 스텔스 모드나 지뢰에 대비해서 하늘군주도 한 무리 이끌고 함께 출격했다.

대대적인 공세.

한바탕 자웅을 겨뤄보겠다는 태세였다.

기세 좋게 몰려오는 괴물 대군을 스텔스 전투기가 정찰로 포착했다.

독침충들이 우르르 달려와 독침을 쏘려 했지만, 스텔스 전투기는 날렵한 U턴으로 달아났다.

한순간에 격추될 뻔했는데, 이신의 반응이 매우 빨랐다.

이신의 지상군이 맵 센터까지 치고 나와 자리를 잡았다.

좌우와 중앙에 자리 잡은 기동포탑.

그런 기동포탑을 호위하듯이 배치된 다수의 보병과 의무병들.

고속전차는 그 포진 앞에 지뢰를 매설해 완벽한 진용에 화룡정점을 찍었다.

스텔스 전투기 2기는 이곳저곳 순찰하며, 적이 몰래 우회해서 배후를 치는지 감시했다.

완벽하게 태세를 갖춘 이신.

여기에 정면으로 달려들 정도로 어리석은 박영호가 아니었다.

괴물 대군이 일제히 오른쪽으로 우회하기 시작했다.

우회해서 텅 빈 이신의 본진을 치려는 듯한 모션.

이신이 쫓아오게 만들어서 진형을 흐트러뜨리겠다는 의도였다.

―러너가 먼저 흔들기를 시도합니다.

―먼저 완벽하게 자리 잡고 있는 인류의 병력에게 곧장 덤빌 수는 없으니까요. 오히려 인류가 먼저 덤비게 만들어야 합니다.

―카이저도 가만히 있지 않죠?

고속전차가 신속하게 질주해 박영호의 우회 루트에 지뢰를 매설.

뒤이어 전 병력이 괴물 대군의 뒤를 쫓았다.

괴물 대군으로 하여금 지뢰를 등진 채 싸우게 만들려는 용병술!

하지만 박영호는 단지 바퀴 3마리로 지뢰들을 전부 제거해 버렸다.

―퍼퍼퍼퍼펑!

바퀴 3마리에게 유인당해 일제히 폭발한 지뢰들.

퇴로를 만들어둔 뒤, 박영호의 병력이 두 갈래로 나뉘어졌다.

한 무리는 쫓아오는 이신을 피해 물러났고, 다른 한 무리는 왼쪽으로 빠졌다.

이신이 달려들면 양방향에서 덮쳐 버릴 생각이었다.

이신 또한 박영호가 설계한 함정에 곧장 달려들 생각이 없었다.

전 병력 그대로 대기.

대신 고속전차 6기가 12시에 위치한 박영호의 확장 기지를 향해 쏘아져나갔다.

동시에 항공수송선 1척이 보병 6명, 의무병 2명을 싣고 박영호의 본진으로 향했다.

두 곳을 동시에 견제하면, 급해진 박영호가 먼저 달려들 수밖에 없을 테니까.

하지만…….

—퍼어엉!

항공수송선이 날아가는 도중에 폭탄충 2마리를 만나 격추당했다.

마치 언제 오나 했다는 듯이 그 자리에서 폭탄충 2마리가 기다렸다가 덮친 것이다.

12시 또한 막혔다.

고속전차 6기를 막은 것은 단지 독침충 1마리.

출입구를 막아선 채 촉수충으로 변태(變態)를 시작한 것이다.

변태하는 괴물의 유닛은 단단한 알에 둘러싸이는데, 이 알은 물리공격에 대한 내성이 매우 강력했다. 이 점을 활용해서 괴물들이 곧잘 이런 식으로 방어를 하곤 했다.

—러너! 철벽처럼 카이저의 노림수를 모조리 격파!

—이러면 카이저가…… 어?!

이신이 그냥 물러설 리가 없었다.

고속전차들 중 아직 지뢰가 남아 있는 것들이 촉수충 알 앞에 지뢰를 매설했다.

매설된 지뢰가 곧장 촉수충 알에 반응하여서 땅속에서 튀어 나왔다.

—퍼어엉!

—키엑!

지뢰에 휘말려 촉수충 알이 그대로 즉사.

무혈입성한 고속전차들이 일벌레들을 사냥하러 달려들었다.

하지만 박영호도 반응이 빨랐다.

촉수충 알은 시간을 벌기 위한 순간적인 센스일 뿐.

그때 이미 일벌레들을 대피를 하고 있었던 것이다.

고속전차들이 쫓아왔을 때는 이미 추가 생산된 바퀴들이 앞 뒤에서 덮쳐들고 있었다.

하지만 고속전차들은 바퀴들을 피해 요리조리 피해 다니며 집 요하게 일벌레를 죽이기 시작했다.

—펑!

—키엑!

—펑!

—키에엑!

전후좌우로 기가 막히게 바퀴들을 피해 다니며 일벌레를 죽이 는 고속전차!

곧 바퀴들에게 둘러싸여서 하나둘 희생됐지만, 일벌레를 6마 리나 잡는 전과를 올렸다.

—하하하! 없는 빈틈을 집요하게 파고들어서 만들어내는 카이 저!

―완벽하게 수비했다고 생각했는데 생각보다 피해가 있었습니다. 하지만 러너도 가만히 당하고만 있지는 않습니다!

그랬다.

같은 시각, 하늘군주 1마리가 유유히 이신의 앞마당에 나타난 것.

하늘군주에서 촉수충 2마리가 드롭했다.

그걸 보자마자 이신은 앞마당의 건설로봇들을 대피시켰다.

―촤촤촤악!

촉수가 힘차게 긁어졌다.

하지만 아슬아슬하게 건설로봇들이 모두 도망치는 바람에 1기도 희생되지 않았다.

―엄청난 반응속도!

―불가사의한 반사 신경입니다!

그것은 이신만의 노하우였다.

평소에 앞마당의 건설로봇들을 부대 지정해 놓기 때문에 빠르게 대피시킬 수 있었던 것이다.

이윽고 추가 생산된 병력이 촉수충을 잡으러 왔지만, 그전에 촉수충 2마리가 먼저 다시 하늘군주에 탑승하고서 달아나 버렸다.

―러너도 촉수충을 그냥 희생시키지 않고 데리고 물러섭니다.

―앞마당에서 잠시 동안 일을 못하게 했으니 피해를 주긴 준 셈입니다.

―항공수송선이 격추된 것도 포함하면 러너가 더 이득을 보긴 봤습니다!

―두 선수 정말 치열하네요.

그 숨 막히는 공방이 모두 신경전에 불과했다.

피차 주력 병력은 아직 대치 상태에 있을 뿐, 제대로 맞붙지는 않은 것이다.

잘못 싸워서 대패라도 하면 패배로 직결된다.

그러니 끊임없이 신경전을 벌이며 상대를 흔들려 드는 것이었다.

그런데 어느 순간, 두 무리로 나뉘었던 박영호의 병력이 이신을 덮쳤다.

승부를 볼 참이었다.

적절하게 배치되어 있었던 이신의 병력도 맞아 싸웠다.

―퍼퍼펑!

기동포탑의 포격에 바퀴 떼 십여 마리가 몰살됐다.

보병들이 각성제를 흡입하고 덤벼들어 촉수충 1마리를 죽였다.

하지만 바퀴들을 총알받이 삼아 앞세워서 달려든 박영호의 병력이 거세게 반격했다.

일제히 땅속에 들어가는 촉수충들.

―촤촤촤촤촤촥!

―으악!

―으아악!

촉수에 의해 3명의 보병이 죽었다.

재빨리 사정거리 밖으로 물러난 이신의 보병 컨트롤이 빛났다.

보병들은 계속 각성제를 흡입하며 촉수충을 죽였고,

—파아앗!

전술위성이 화염방사병에게 디펜시브 실드를 걸었다.

실드로 보호된 화염방사병이 저돌적으로 달려들어 화염을 마구 뿜었다.

—키에엑! 키엑!

독침충들이 화염방사병의 화염에 녹아들었다.

불꽃같은 컨트롤로 최대한 효율적으로 싸우는 이신.

하지만 병력은 박영호가 더 많았다.

기동포탑이 모두 괴물들에게 덮쳐져서 하나둘 파괴되었다.

그나마 보병과 의무병 등은 포위망을 뚫고 탈출해서 전멸을 모면했다.

바로 그 순간,

—퍼엉!

"와아아!"

경기장이 관객들의 함성으로 가득 찼다.

하늘군주 무리 속에 감춰져 있었던 폭탄충 2마리가 기습적으로 튀어나와 전술위성을 격추시킨 것이다.

저 많은 병력을 끌고 싸우면서도 세세한 부분에서 용의주도함을 잃지 않은 박영호의 멋진 플레이였다.

박영호는 기세를 탔다.

여세를 몰아서 계속해서 추가 생산되는 병력과 함께 이신을 치려 했다.

승기를 잡을 수 있는 절호의 찬스였다.

하지만,

─퍼어엉!

─퍼어엉! 퍼엉!

후속으로 달려온 독침충들이 지뢰에 휘말려 죽었다.

또다시 일어난 반전에 관중들은 다시 탄성을 터뜨릴 수밖에 없었다.

─언제 또 저기다가 지뢰를 깔았나요?!

─후속 병력을 차단시키기 위해서 계속 수시로 고속전차가 다니면서 지뢰를 매설했던 겁니다. 저게 카이저의 무서움입니다. 고속전차가 잠시도 쉬지 않아요!

후속 병력이 지뢰에 끊기는 바람에 승기를 잡은 박영호도 더 깊이 공격해 들어갈 수가 없었다.

잠시 찾아온 소강상태.

그렇게 격전을 치르는 와중에도 두 사람은 확장 기지를 하나씩 추가로 가져가고 있었다.

두 사람 다 병력 생산, 전투, 추가 확장을 동시에 해낸 것이다.

*　　　　　*　　　　　*

"상당히 잘 막았는데?"

존이 놀라움을 표했다.

차이가 고개를 끄덕였다.

"견제로 피해를 주지 못했기 때문에 괴물 병력이 많이 나왔지.

선생님의 약점이야. 견제가 막히면 자연스럽게 수세에 몰려."

"선생님도 잘 싸우시지 않았어?"

"잘 싸웠으니까 저 정도에 그쳤지. 보통 인류 플레이어였으면 진즉에 끝났어."

"저렇게 보니까 선생님이 굉장히 위험부담이 큰 전략을 쓰신 것 같아."

"결국 외줄 타기지. 아무나 흉내 낼 수 있는 빌드 오더가 아니야."

차이의 냉정한 분석.

주디도 고개를 끄덕이며 거들었다.

"빈틈이 없으니까 센터 싸움을 벌이면서 기회를 엿보려 하셨던 것 같아. 진짜 노림수는 센터 싸움에서 이기는 게 아니라, 아까의 고속전차와 항공수송선 드롭 견제였어."

센터 싸움을 유도하면, 박영호도 병력을 끌고 나올 테니 본진 등에 빈틈이 생길 것이다.

바로 그때 소수의 유닛을 침투시켜서 견제 플레이로 큰 피해를 입힌다.

그것이 이신의 노림수.

하지만 바로 그 견제가 모조리 막혔다.

병력을 모두 끌고 나왔음에도 박영호의 진영은 여전히 빈틈이 없었던 것이다.

"저래서 철벽괴물이라는 별명이 붙은 거겠지."

존이 혀를 내둘렀다.

역시나 박영호는 클래스가 달랐다.

선생님이 저렇게 굉장한 공격을 펼쳤는데 모두 막아내다니.

박영호는 4광산을 확보하여서 풍부한 광물 자원을 먹기 시작했다.

테크 트리도 안정적으로 올라가서 괴물주술사가 곧 나올 듯했다.

괴물주술사가 나오면 그때부터 박영호는 그야말로 철벽 그 자체가 된다.

"후반 병영 체제로 계속 공격을 퍼부으려 하시지 않을까?"

존이 말했다.

분명 한국에서 치렀던 개인리그 결승전에서는 그런 콘셉트로 박영호를 꺾었었다.

하지만 이신의 선택은 체제 전환이었다.

병영 건물들을 모두 띄워서 맵 곳곳에 정찰 보내 버리고, 기갑 정거장을 늘려 짓기 시작한 것.

기갑 체제였다.

"전에 기갑 체제로는 박영호를 이길 수 없다고 하셨는데."

주디가 걱정스레 대형 화면을 바라보았다.

대형화면에 비치는 이신의 표정은 포커페이스였다.

싸움은 후반으로 치닫고 있었다.

*   *   *

기갑 체제로 전환한 뒤, 기갑 병력을 모으며 힘을 키우는 이신.

박영호 또한 자원을 모으고 테크 트리를 올리며 세력을 불렸다.

그런 소강상태에 있으면서도 두 사람은 맵의 시야 장악을 놓고 치열하게 신경전을 벌였다.

끊임없이 맵 곳곳에 지뢰를 매설하는 고속전차들.

이에 대해 박영호는 끊임없이 독침충과 하늘군주를 순찰시키며 지뢰를 부지런히 제거했다.

지뢰가 도처에 깔려 있으면, 나중에 괴물이 어마어마한 병력을 쏟아낸다 해도 함부로 돌아다닐 수가 없어서 지상군의 주도권을 인류에게 빼앗긴다.

반면, 인류는 반드시 지뢰를 매설해서 시야 장악은 물론 괴물의 물량 공세를 억제해야 했다.

그래서 두 사람 모두 사력을 다해 맵 시야 싸움을 벌이는 것이었다.

그런데 의외인 것은 이신의 수비적인 태도였다.

아까 전까지만 해도 치열하게 맹공을 펼쳤던 이신이건만, 웬일인지 잠잠했다.

별다른 견제 플레이도 없었고 병력이 충분히 모였음에도 싸움에 나서려 하지도 않았다.

단지 병력을 인구수 한계치까지 모으며, 공격력과 방어력 업그레이드를 충실히 할 뿐이었다.

그러다가 이신이 돌연 움직임을 보였다.

그의 진영 곳곳에서 대공포가 건설되기 시작한 것.

5시에 확장 기지를 새로 구축하면서도, 그곳에도 대공포가 한 번에 네댓 개씩 지어졌다.

—카이저가 사방에 대공포를 깔기 시작했습니다.

—맵 중앙에서도 대공포가 드문드문 지어지네요. 이건 완전한 디펜스 태세입니다.

—이건 맵을 절반씩 가져간 채 철벽수비를 하겠다는 뜻이 분명하죠. 이건 차라리 신지호에게 더 어울리는 플레이입니다.

경기를 지켜보던 차이가 놀란 얼굴로 중얼거렸다.

"108공포?"

"맞아. 완전 우주 방어다."

존도 맞장구쳤다.

이윽고 이신은 지상군을 이끌고 맵 센터로 진격했다.

전선을 바짝 끌어 올려 괴물 진영을 나오지 못하게 압박하면서, 3시 지역에도 추가로 확장 기지를 건설했다.

남북으로 나뉜 상황에서, 양측의 중간에 있는 3시도 가져간 것이다.

"대단해."

주디가 손뼉을 치며 감탄했다.

이신은 과감하게 확장을 해버렸다. 거기다가 대공포로 지대공 수비를 탄탄히 하면서 굳히기에 들어갔다.

똑같은 자원을 먹고서 괴물이 인류를 이길 수 없다.

그런데 이렇게 맵이 양분된 채 장기전이 되면, 시간이 흐를수록 박영호는 불리해진다.

이신이 더욱 철벽 태세를 구축하기 전에 박영호는 어떻게든 먼저 공세를 펼쳐 흔들지 않으면 안 되는 입장이 되어버린 것이다.

박영호는 하늘군주에 바퀴나 촉수충 등을 태워서 곳곳에 게릴라를 펼쳤다.

하지만 일절 통하지 않았다.

어딜 가도 대공포가 잔뜩 있어서 하늘군주가 병력을 드롭할 틈도 없이 다 격추당했던 것이다.

인류의 우주 방어.

이신의 후반부 콘셉트는 바로 이것이었다.

"작년 후반기 개인리그에서 신지호가 이렇게 해서 박영호를 이겼었지?"

"응, 4강."

"선생님이 그거랑 똑같이 하려나 봐."

이신답지 않은 수비적인 스타일.

하지만 단번에 확장을 쭉쭉 해버리고 대공포로 둘러 버리는 타이밍은 신속하기 이를 데 없었다.

단숨에 승기를 빼앗아온 마술 같은 운영이었다.

지상은 계속해서 매설된 지뢰 때문에 막혔으며, 기동포탑들이 요소요소 절묘하게 배치된 채 포격을 쏟아냈다.

그러면서 지대공 방어 역시 완전히 도배된 대공포로 인해 철통같은 상황.

공격해야 하는 입장이 된 박영호로서는 난감함을 느낄 수밖에 없었다.

박영호는 결국 저 철통 방어를 뚫기 위한 특별한 카드를 꺼내들 수밖에 없었다.

—여왕괴물을 생산하는 러너! 여왕괴물의 기생충 살포로 기동 포탑을 파괴해 포격망을 뚫겠다는 뜻입니다.

—여왕괴물 컨트롤이 또 대단한 러너죠. 그런데 이신 선수는… 아!

해설진은 감탄을 하고 말았다.

이신은 스텔스 전투기를 준비하고 있었다.

여왕괴물의 완벽한 카운터였다.

—다 읽고 있어요! 이렇게 상황을 끌면 러너가 결국은 여왕괴물을 쓸 거라는 걸 알고 있었어요!

마침내 박영호가 전 병력을 끌고 치고 나왔다.

여왕괴물들도 함께 날아왔다.

그런데 그 순간, 스텔스 전투기 편대가 나타나 여왕괴물들을 모조리 격추하기 시작했다.

—키엑!

—키에엑!

—푸하악!

무참히 살육당하는 여왕괴물들.

준비했던 카드가 써보기도 전에 박살 나자, 박영호는 흔들릴 수밖에 없었다.

다시 썰물처럼 후퇴하는 괴물 대군.

그러자 거꾸로 이신이 치고 나왔다.

모든 기동포탑과 고속전차와 전술위성이 우르르 몰려나와 북
벌을 개시했다.

그것은 거대한 스케일의 토털 어택이었다.

지상군으로 밀고 올라가는 한편, 고속전차 8기를 항공수송선
2척에 태운 채 스텔스 전투기 편대와 함께 이동했다.

스텔스 전투기 편대의 보호를 받으며 올라간 항공수송선 2척
은 박영호의 12시 확장 기지에 고속전차 8기를 일제히 쏟아냈다.

동시에 스텔스 전투기 편대는 1시로 날아가 하늘군주들을 사
냥했다.

지상군은 11시로 쭉 밀고 올라가 박영호의 본진을 압박했다.

일순간에 벌어진 일이었다.

신속한 병력 기동으로 인하여, 박영호는 한순간에 3곳을 동시
에 공격 받는 상황에 처한 것이다.

박영호는 괴물주술사를 써서 지상군을 어떻게든 막아냈다.

12시의 고속전차 견제 또한 막아냈다.

하지만 끊임없이 여기저기 누비고 다니는 스텔스 전투기 편대
만은 어찌할 도리가 없었다.

고개를 저은 박영호는 GG를 선언했다.

—러너 GG!

—카이저가 1세트를 승리로 장식합니다!

1—0.

이신이 다전제 대결에서 가장 중시 여기는 스코어 리드를 해
낸 것이었다.

휴식 시간 동안 제자들은 두런두런 대화를 나눴다.

"선생님이 저렇게 수비적인 장기전을 택하실 줄은 몰랐어."

"그래도 선생님다운 플레이가 녹아든 장기전이었지. 고속전차가 집요하게 계속 지뢰를 심었잖아."

박영호가 열심히 돌아다니며 지뢰를 제거했는데도, 그 자리에 어김없이 다시 지뢰가 매설되어 있었다.

그렇듯 잠시도 쉬지 않고 활동을 한 고속전차가 그런 유리한 장기전을 만들어냈다고 해도 과언이 아니었다.

모든 견제 플레이를 다 막아낸 박영호였지만, 결국 이신의 고속전차 활용을 완전히 막았다고 보기 어려웠다.

*   *   *

"우린 카이저가 왜 이겼는지 알지."

왕춘 감독이 말했다.

함께 있던 코치도 웃으며 고개를 끄덕였다.

"저렇게 부지런히 움직이니 같은 숫자의 유닛이 있어도 효율성은 2배 이상이죠."

SC스타즈는 최근 들어 새로운 분석 개념을 도입했다.

그것은 바로 유닛 활동량.

축구 선수가 해당 경기에서 얼마나 뛰었는지 거리를 측정하듯이, 각 유닛 별로 총 이동 거리를 측정한 것이다.

유닛 활동량 분석법을 실험적으로 도입한 결과, 놀라운 사실을 알아냈다.

놀랍게도 카이저는 고속전차와 스텔스 전투기 등 주력으로 사용하는 유닛의 총 이동 거리가 다른 선수의 2배가량이었다.

즉, 똑같은 숫자의 유닛이 있어도 이신이 2배 이상 더 많은 활약한다는 뜻이었다.

그만큼 더 높은 효율성을 보이니, 같은 조건에서 카이저가 강할 수밖에 없었다.

"결국 피지컬이다. 이건 선수에게 강요한다고 될 문제가 아니야."

남들보다 더 부지런히 유닛이 움직인다는 것은 그만큼 선수의 피지컬 소모가 더 크다는 뜻이었다.

피지컬은 훈련에 의해 키워지기도 하지만, 선천적으로 타고나는 재능 또한 무시할 수가 없었다.

"앞으로 전략 실행 능력보다는 피지컬 훈련의 비중을 더 늘려야겠습니다."

"그래야겠지."

전략연구팀이 구상한 전략이 절묘하게 맞아떨어지면 손쉽게 승리를 가져다준다.

하지만 전략이 다 가위바위보처럼 완벽한 상성을 가지는 건 아니었다.

게임 중에 발생하는 변수에 의해 얼마든지 바뀐다.

즉, 그럴 때 작용하는 것은 선수 개인의 역량이었다.

그리고 요즘 들어 가장 각광받는 선수의 역량 덕목은 바로 피지컬.

"그리고 카이저의 피지컬은 아직도 정상급이지."

"한동안 줄지 않을 거라는 분석 결과가 더 놀랍죠."

이신의 리플레이 파일을 분석해 본 결과 나타난 반사 신경 및 초반과 후반의 활동량 차이 등은 아직 크게 피지컬이 떨어진 게 아님을 증명했다.

"이제 카이저가 어떻게 금메달을 가져오는지 보자고. 스코어 리드를 하고 있는 카이저는 심리전의 귀재가 된다."

＊　　　　＊　　　　＊

'직접적인 견제는 대부분 막혔다. 영호 녀석이 제대로 벼렸군.'

모든 침투 루트가 차단되어서 아무런 견제도 할 수 없게 된 상황은 오랜만이었다.

계속 견제가 막혀서 도리어 손해만 입자, 이신은 그 즉시 전략을 수정해야 했다.

장기전.

견제 대신 디펜스.

물론 제자리에서 가만히 지키고 있는 정적인 디펜스가 아닌, 수시로 움직이며 적의 동선을 차단하는 동적인 디펜스였다.

거기다가 한때 주디에게 가르쳤었던 공격적 확장까지 펼쳐 보였다.

단숨에 확장 기지를 늘려 지어서 자원 우위를 차지한다.

공격하지 않고도 상대측이 자원상으로 손해를 보게끔 만드는 운영이었다.

'생각보다 잘 통했군.'

이미 박영호가 오늘 어떤 콘셉트로 나왔는지 파악이 끝난 이신이었다.

아마도 난전을 통한 멀티태스킹 싸움.

끝없이 서로 피지컬을 소모하는 피 말리는 싸움이었다.

거기에 맞불을 놨다가는 1세트 초중반처럼 이신이 불리하다. 현재 전성기를 맞이했다고 해도 과언이 아닌 박영호의 피지컬은 이신조차도 학을 뗐다.

그렇다면…….

'거기에 응해줄 생각은 없다.'

이신은 이미 1세트에서 해답을 찾았다.

바로 디펜스와 카운터.

싸워서 피를 볼 생각으로 의욕 만만한 박영호를 카운터로 깨끗이 잠재워줄 생각이었다.

생각을 정리한 이신은 휴식을 마치고 다시 무대에 올랐다.

2세트가 시작되었다.

이신은 여전히 인류를 종족으로 골랐다.

맵은 천상의 갈림길.

월드 SC 그랑프리 개인전 결승에서 만난 두 사람의 상황을 잘 나타낸 맵 명칭이었다.

2세트는 피차 조심스럽게 게임이 진행되었다.

이신은 괴물을 상대로 하는 무적의 패턴이라고 생각되었던

1─1─1 빌드를 버리고 1병영 더블의 정석 운영을 펼쳤다.

뿐만 아니라, 박영호의 쐐기충 견제에 대비하여서 대공포로 본진 및 앞마당을 두르는 방어적인 모습도 보였다.

평소 같았으면 대공포 대신 로켓 프리깃을 생산해 쐐기충 편대와 공중전을 벌이기를 즐겼던 이신이었다.

로켓 프리깃이 대공포를 두르는 것보다 더 싸게 먹힐뿐더러, 이신은 로켓 프리깃 컨트롤도 무척 자신 있어 했다.

그런데 이번에는 대공포를 택한 것이다.

방어적인 이신의 태도.

이는 중후반까지 바라본 이신의 선택이었다.

대공포로 둘러져 있으면 하늘군주를 활용한 드롭 견제도 막을 수 있기 때문이다.

박영호가 난전을 유도해서 피 터지게 싸우고 싶어 한다는 걸 아는 이상, 거기에 따라줄 생각이 전혀 없었던 것.

거기에 로켓 프리깃이나 전술위성 등을 폭탄충으로 격추시키는 박영호의 솜씨는 거의 명인의 경지였다.

격추당하지 않도록 로켓 프리깃을 관리하는 것 또한 멀티태스킹이 소모되는 일.

이신은 박영호의 의도와 달리 자신의 피지컬을 최대한 아끼는 선택을 하고 있었다.

*　　　　*　　　　*

작정하고 디펜스를 하는 이신은 박영호가 어찌해 볼 도리가 없었다.

좀처럼 빈틈이 보이지 않는 대공포 배치.

박영호는 혼이 실린 쐐기충 컨트롤로 대공포를 하나 부수고 들어가 건설로봇을 사냥했으나, 곧장 달려온 보병에 의해 다시 쫓겨났다.

그 자리에 다시 대공포가 건설되기 시작하면서 빈틈은 사라졌다.

빈틈없이 수비하는 이신.

없는 빈틈을 만드는 컨트롤을 펼치는 박영호.

두 사람의 스타일이 정반대로 뒤바뀐 듯한 양상이었다.

하지만 이신의 수비력은 일반 프로게이머와는 궤를 달리했다.

앞마당 우측면을 두들기던 쐐기충이 다시 물러나서 반대 방면으로 크게 우회할 때였다.

돌연,

―크아아!

보병들이 각성제를 흡입하고는 쏜살같이 뛰쳐나왔다.

뒤따르는 의무병도 내팽개친 채 빛의 속도로 달려 나온 보병들은 우회하던 쐐기충과 맞닥뜨렸다.

―투타타타타타타!

―키에엑!

놀라서 달아나는 쐐기충 편대.

쐐기충 1마리가 집중사격을 받고 그대로 녹아버렸다.

"오오!"

"역시 카이저다!"

절로 감탄사가 나오는 관중석.

―대단한 장면이 나왔습니다. 방금 카이저가 쐐기충 편대의 동선을 예측하고는 재빨리 보병을 보내 피해를 입힌 거죠.

―쐐기충의 동선을 예측하고 역설계하는 솜씨가 굉장히 뛰어난 카이저인데요, 이번에도 어김없이 날카롭게 움직여 1마리를 끊어줬습니다.

뿐만 아니라, 쐐기충이 맵을 크게 돌아서 북쪽 방면에서 내려와 견제를 하려 할 때였다.

보병들이 의무병과 함께 재빨리 뛰쳐나와 5시에 위치한 박영호의 진영을 향해 진격을 개시했다.

이를 본 박영호는 본진 수비를 위해 쐐기충 편대를 다시 되돌려야 했다.

이신 또한 다시 병력을 회군시켰다.

―방금은 또 위협을 가해서 오히려 쐐기충이 견제를 하지 못하고 돌아가게 만들었죠?

―저게 카이저의 디펜스입니다. 그냥 틀어박혀서 지키지 않아요. 수비마저도 대단히 공격적입니다!

―쐐기충이 견제하러 들어왔다 하면 보병들이 퇴로에 배치되어서 잡아먹으려 들어요. 저렇게 계속 함정을 파대는데 상대가 무서워서 어떻게 견제를 하나요?

―카이저의 재발견인가요? 작정하고 디펜스하는 카이저가 저

렇게 무섭네요.

그 와중에 이신이 파놓은 함정을 모두 빠져나와 쐐기충을 지킨 박영호의 센스도 대단했다.

하지만 박영호는 좀처럼 견제를 할 수가 없었고, 이신이 안정적으로 병력을 모으는 것을 억제하지 못했다.

이윽고 이신의 병력 한 덩어리가 출진했다.

보병, 의무병으로 이루어진 병력 덩어리는 1시 지역에 구축하고 있는 박영호의 확장 기지로 향했다.

그뿐만이 아니었다.

추가로 모인 병력 덩어리가 5시 박영호의 본진으로 향했다.

―러너가 위기를 맞이했습니다. 1시와 5시 모두 공격을 받게 됩니다.

―본진은 어찌어찌 막겠지만 1시 확장 기지가 카이저에 의해 저지되면 정말 급격하게 불리해지죠?

―러너는 1시를 지키는 길을 택했습니다. 본진 쪽은 앞마당에 촉수탑 3개를 건설해서 수비합니다.

쐐기충 편대가 약간의 바퀴 떼와 함께 1시를 지키러 출발했다.

거침없이 달려가, 그대로 카이저의 병력과 한판 붙을 기세였다.

―1시로 향한 카이저의 병력을 잡아먹을 생각인가요? 하지만 약간 부족해 보이는데…… 오우!

문득 해설진이 탄성을 터뜨렸다.

경기를 중계하는 옵서버가 쐐기충의 상태를 보여준 것.

공격력이 1 업그레이드되어 있었다.

―쐐기충의 공격력이 업그레이드되었습니다! 러너도 견제가 안 되니까, 아예 카이저의 병력이 나왔을 때 싸먹어서 피해를 주겠다는 설계입니다!

―공격력 업그레이드가 된 쐐기충 편대는 무시할 수가 없죠? 이걸 모르면 싸울만 하다고 카이저가 판단할 수밖에 없겠는데요?

그 말대로였다.

박영호의 병력과 마주쳤을 때, 단숨에 숫자를 파악한 이신은 이길 수 있다고 진단을 내렸다.

그리고 충돌!

―쐐애액!

―으악! 악!

―키엑!

바퀴 떼를 총알받이로 던져주고, 쐐기충 편대가 터닝 샷을 날리며 보병들을 학살했다.

공격력이 업그레이드된 탓에 쐐기충 편대의 힘은 대단했다.

―잡아먹었습니다!

―이제 본진으로 향한 카이저의 병력도 위험합니다.

싸워보고서야 이신은 박영호가 쐐기충에 힘을 주었다는 것을 깨달았다.

본진으로 압박하러 떠나왔던 병력들이 일제히 회군하기 시작했다.

공격력 업그레이드가 된 쐐기충들이 이 병력마저 잡아먹을 수 있었기 때문이다.

반면, 박영호는 이 기회를 놓칠 생각이 없었다.

쐐기충 편대를 움직여 이신의 병력이 퇴각하는 경로를 차단하려 했다.

저 병력도 잡아먹고 나면 이제 인류는 한동안 힘을 쓰지 못한다.

괴물이 안심하고 확장을 할 수 있는 것!

그 순간, 이신 역시 기가 막힌 판단을 내렸다.

보병들이 각성제를 흡입하여서 매우 빠른 속도로 퇴각한 것!

각성제 효과로 빨라진 보병들은 질풍처럼 7시에 있는 본진까지 퇴각하는 데 성공했다.

뒤처진 의무병 4명만 쐐기충에 의해 덮쳐져 희생당했다.

—와우! 빠른 퇴각이 병력을 살렸습니다.

—의무병이 아깝긴 했지만 모두 전멸하는 것보다는 낫죠.

—하지만 이렇게 되면 러너가 어느 정도 상황을 다시 좋게 만들었죠?

—카이저도 병력을 다 잃지 않은 만큼 아직 진출 기회가 더 있습니다만, 러너에게 1시 확장 기지를 내준 게 불안합니다.

—러너는 카이저가 다시 웅크리고 있는 틈을 타서 거꾸로 압박을 하려 합니다.

박영호는 쐐기충은 물론이고 변태가 완료된 촉수충들과 바퀴 떼도 모두 이신의 진영으로 보냈다.

이신의 앞마당은 참호 및 심시티와 대공포로 수비가 잘되어 있는 상태라 위태롭지는 않았다.

하지만 박영호의 다수 병력이 그 앞에 진을 치고 있었다.

병력이 밖으로 나오기만 하면 일제히 덮쳐서 잡아먹겠다는 흉흉한 기세가 느껴졌다.

─러너의 병력이 자리 잡은 위치가 너무 좋습니다.

─저렇게 포진해 있으면 카이저가 밖으로 나올 수가 없죠. 그건 즉 러너의 확장에 제동을 걸기 위해 공격에 나설 수가 없다는 뜻입니다.

─쐐기충의 공격력 업그레이드! 러너가 순간적으로 정말 멋진 판단을 내려서 유리한 국면을 만들어냈습니다. 카이저는? 이대로 속수무책으로 가만히 있을 리가 없을 텐데요?

말이 떨어지기가 무섭게, 항공수송선 1척이 나타났다.

보병 6기와 의무병 2기를 싣고 박영호의 본진을 향해 출발했다.

─예, 바로 저겁니다. 가만히 있을 리가 없죠.

그뿐만이 아니었다.

성동격서로 본진에 웅크리고 있던 지상군도 일제히 뛰쳐나왔다. 기동포탑 3기와 전술위성 1기도 포함된 전력이었다.

포진해 있던 괴물 군단이 기다렸다는 듯이 덤벼들었다.

나왔던 이신의 병력이 황급히 후퇴.

박영호는 끈질기게 앞마당까지 쫓아왔다.

조금 무모해 보였나 싶었는데,

─퍼엉!

진짜 목적은 바로 전술위성.

함께 있던 폭탄충들이 달려들어 전술위성과 자폭하는 데 성공한 것이었다.

목적을 완수한 박영호의 괴물 군단은 다시 썰물처럼 후퇴해 앞에 다시 포진했다.

―러너의 날카로운 역습! 카이저가 고개를 내밀자마자 덮쳐서 전과를 거둡니다. 정말 다수 병력을 자기 수족처럼 다루는 멋진 솜씨였습니다.

―하지만 중요한 건 따로 있죠?

―예, 바로 5시로 향한 항공수송선입니다. 방금 전투는 러너 의 시선을 끌려는 카이저의 책략에 불과했습니다!

그랬다.

박영호가 방금 전투에 집중한 동안, 5시 본진 외곽에 이신의 소수 병력이 드롭됐다.

항공수송선에서 내린 보병들은 각성제를 흡입하고 그야말로 질풍가도로 달려들었다.

국면을 타개하기 위해 보낸 특공대!

보병들은 자원 채집을 하던 일벌레들을 닥치는 대로 살육하기 시작했다.

―키엑!

―키에엑!

―케엑!

의표를 찔린 기습.

일벌레들이 황급히 대피했지만, 집요하게 쫓아온 보병들에 의 해 계속 죽었다.

다급하게 쐐기충들이 되돌아와서 본진 급습을 진압했지만, 그
땐 이미 일벌레가 상당수 죽고 난 후였다.

거기다가,

—카이저가 다시 치고 나옵니다!

—쐐기충 편대가 본진을 지키러 떠난 것을 아니까 다시 나오
는 겁니다! 아주 부드럽게 연결되는 전술적인 움직임!

이신이 다시 치고 나오자 더 이상 박영호는 못 나오게 봉쇄할
수가 없었다. 쐐기충 편대가 본진 수비를 위해 자리를 비운 탓이
었다.

박영호는 하는 수 없이 병력을 뒤로 후퇴시켜서 길을 터줬다.

밖으로 나오는 데 성공한 이신의 병력!

억압당하고 있던 이신의 공격성이 다시 분출되면서, 혈전의 서
막이 다시 올랐다.

기동포탑 4기와 전술위성 2기.

보병, 의무병, 화염방사병 상당수.

분출된 이신의 병력이 다시 박영호의 5시 진영을 향해 진격을
개시했다.

하지만 박영호도 계속 물러설 생각이 없었다.

박영호는 이신이 드넓은 맵 센터로 나오기를 기다렸다.

본진에서 추가 생산된 병력들과 쐐기충 편대도 맵 센터에 속
속들이 모이고 있었다.

—러너! 한판 붙으려 하나요?

—위험한데요? 괴물주술사도 없이 한판 들이받는 선택은 요즘

세상에 괴물 플레이어들이 웬만해서는 안 하는데요?!

—갑니까? 가나요?

—예, 갑니다!! 러너!!

박영호의 선택은 전투였다.

자원을 거의 영혼까지 끌어 모아 확보한 병력을 총동원했다.

드넓은 맵 센터에서 벌어진 전투!

괴물 군단이 일제히 덮치자 이신은 주춤했다.

하지만 곧 불꽃같은 컨트롤이 작렬했다.

각성제를 흡입한 보병들이 계속 뒤로 물러서며 무빙 샷을 날렸다.

전술위성들이 쐐기충들을 향해 일제히 방사능을 살포했다.

방사능을 뒤집어쓴 쐐기충은 그 즉시 동료들을 감염시키기 전에 따로 분리되었다. 박영호도 굉장히 집중해 있다는 증거였다.

—촤촤촤촤악!

—으악! 아악! 아아악!

가까이 접근하여서 땅속에 들어간 촉수충들이 일제히 촉수를 뻗어 보병들을 죽였다.

—투타타타타!

—꾸어엉! 꾸엉!

보병들 또한 촉수충 2마리를 삽시간에 일점사격으로 사살하고는 촉수의 사정거리 밖으로 피했다.

휘몰아치는 바퀴 떼가 기동포탑에게 다닥다닥 붙어서 마구 두들겼다.

—퍼어엉!

기동포탑이 하나 둘 파괴당했다.

하지만 바퀴 떼 또한 보병들의 난사에 녹아내린다.

화면이 피로 가득 차는 어마어마한 전투에 관중들은 넋을 놓았다.

그런데 싸움이 계속되니 점점 승자가 보이기 시작했다.

비록 기동포탑은 전부 잃었지만, 보병들이 끈질기게 살아남아서 괴물 병력과 싸우는 것이었다.

촉수를 좌우 기동으로 날렵하게 피하면서 계속 무빙 샷을 하는 보병들!

각성제를 흡입한 채 거의 광전사처럼 싸우는 보병들은 끝내 이 전투의 승자가 되고 있었다.

횡렬을 옆에서 보면 종렬이다.

이것이 이신의 전투 기법의 기본 개념이었다.

계속 옆으로 휘돌며 적을 측면에서부터 갉아나가는 무시무시한 전술과 컨트롤이 빛을 발했다.

—꾸엉!

—꾸어엉!

죽어나가는 촉수충들.

끝내 박영호는 전투에서 패하는가 싶었다.

그런데 반대편에서 한 무리의 폭탄충이 기습적으로 날아들었다.

—퍼엉! 펑!

전술위성 2기가 단숨에 격추되었다.

결국 후퇴하는 괴물 병력.

그러나 그 와중에도 전술위성 2기를 떨궈서 마지막까지 이신에게 상처를 입히는 박영호의 집념이 돋보였다.

맵 센터 전투에서 승리한 이신은 잔여 병력과 추가 병력을 모아 바람처럼 1시로 치달렸다.

그때쯤 박영호의 본진에 괴물주술사가 생산되었다.

박영호는 급히 터널을 통해 1시로 향했다.

죽은 일벌레를 충원하느라 병력은 거의 없는 상황.

하지만 박영호는 급한 대로 괴물주술사 하나로 1시를 지켜야하는 입장이었다.

그런데,

―퍼어엉!

괴물주술사가 1시로 진입하는 출입구를 혼자서 가로막고서 흑안개를 펼쳤다.

모든 원거리 공격을 무효화시키는 흑안개의 효과!

이신의 병력들이 괴물주술사 하나 때문에 길이 막혀 1시로 진입 못하는 상황이 연출되었다.

공교롭게도 그곳에 있는 병력에 근접 공격이 가능한 화염방사병이 없었던 것이다.

"와아아아아!"

아슬아슬한 상황에 탄성을 토하는 관중들.

하지만 이신은 곧장 항공수송선을 동원했다.

1시에 병력을 실은 항공수송선이 나타난 것이다.

그리고…….

—퍼어엉!

그곳에서 기다렸던 폭탄충 2마리가 항공수송선을 격추시켰다.

—철벽(impregnable)!!

—러너가 도무지 무너지지 않습니다!

대형화면에 비친 박영호는 이마에 땀이 송골송골 맺혀 있었다.

땀이 눈에 들어간 탓에 한쪽 눈살을 찌푸리고 있었다.

그럼에도 박영호는 눈을 닦지 못했다.

참고 또 참으면서, 두 손은 잠시도 쉼 없이 키보드와 마우스를 조작했다.

보다 못한 SC스타즈의 코칭스태프가 타임을 요청했다.

잠시 경기가 일시 정지되자, 그제야 땀을 닦는 박영호.

이신 역시 손목을 돌리며 한숨을 돌렸다.

뉴욕 e스포츠 센터의 수만 관중은 치열한 접전을 펼치는 두 선수에게 박수를 보냈다.

『마왕의 게임』 17권에 계속…

미러클 테이머

인기영 장편소설

FUSION FANTASTIC STORY

MIRACLE TAMER

이계로 떨어져 최강, 최고의 테이머가 되었다.
그러나… 남은 것은 지독한 배신뿐.

배신의 끝에서 루아진은 고향, 지구로 되돌아오게 되는데……,
몬스터가 출몰하기 시작한 지구!
그리고 몬스터를 길들일 수 있는 테이머 루아진!
그 둘의 조합은……?

『미러클 테이머』

바야흐로 시작되는
테이머 루아진과 몬스터들의 알콩달콩한
대파괴의 서사시!!

Book Publishing CHUNGEORAM

유행이 아닌 자유추구 -
WWW.chungeoram.com

이모탈 퓨전 판타지 소설
FUSION FANTASTIC STORY

용병들의 대지
Read of Mercenaries

이 세계엔 3개의 성역이 존재한다.
기사들의 성역, 에퀘스.
마법사들의 성역, 바벨의 탑.
그리고… 그들의 끊임없는 견제 속에 탄생하지 못한

『용병들의 대지』

전쟁터의 가장 밑을 뒹굴던 하급 용병 아론은
이차원의 자신을 살해하고 최강을 노릴 힘을 가지게 된다.

그의 앞으로 찾아온 새로운 인생!
아론은 전설로만 전해지던
용병들의 대지를 실현시킬 수 있을 것인가!

Book Publishing CHUNGEORAM

FUSION FANTASTIC STORY

텀블러 장편소설

현대 천마록

천하를 호령하고, 전 무림을 통합한
일월신교의 교주 천하랑.
사람들은 그를 천마, 혹은 혈마대제라고 불렀다.

『현대 천마록』

무공의 끝은 불로불사가 되는 것이라 생각했지만
그로서도 자연의 섭리 앞에선 어쩔 수 없었다!

'그렇게 많은 피를 흘렸음에도 불구하고
죽을 때가 되니 남는 것이 없군그래.'

거듭된 고련 끝에 천하랑의 영혼이
존재하지 않게 된 그 순간
그의 영혼은 현세에서 천마로서 눈을 뜬다!

Book Publishing CHUNGEORAM

유행이 아닌 자유추구 -
WWW.chungeoram.com